Tacet Books

Lima Barreto

---

7 Melhores Contos

Editado por
August Nemo

Copyright© Tacet Books, 2024

Todos os direitos reservados.

EDITOR August Nemo

CAPA E PROJETO GRÁFICO Mayra Falcini

NEGÓCIOS E MARKETING Horacio Corral

Dados Internacionais de Catalogação na Publicação (CIP)

Barreto, Lima.
B273   7 Melhores Contos / Lima Barreto – São Paulo, SP: Tacet Books, 2024.
96 p. : 14 x 21 cm

ISBN 978-65-89575-71-9

1. Literatura brasileira. 2. Contos.

CDD 869.4

Tacet Books

Feito em silêncio

Para mentes barulhentas

www.tacetbooks.com

tacet.books@gmail.com

Sumário

O Autor — 5

A Biblioteca — 7

A Nova Califórnia — 21

Porque não se matava — 37

Como o "Homem" chegou. — 45

Cemitério — 73

O único assassinato de Cazuza — 77

Sua Excelência — 85

O boêmio imortal, por Garcia Margiocco — 89

O Autor

Afonso Henriques de Lima Barreto foi um notável jornalista e escritor brasileiro, nascido no Rio de Janeiro em 1881. Sua obra, redescoberta e publicada postumamente, o consagrou como um dos mais importantes escritores do Brasil. Filho de pais de origem humilde, Lima Barreto enfrentou preconceitos e dificuldades, mas se destacou por sua escrita engenhosa e crítica social afiada.

Lima Barreto iniciou sua carreira contribuindo para revistas de grande circulação e publicou seu famoso romance "Triste Fim de Policarpo Quaresma" no Jornal do Commercio. Apesar de lutar contra o alcoolismo e a depressão, que o levaram a internações, continuou a escrever obras que exploravam as desigualdades sociais e a hipocrisia da sociedade.

Sua literatura é marcada pela sátira e ironia, com foco nos pobres, boêmios e excluídos. Criticou o preciosismo na escrita e influenciou os modernistas com seu estilo coloquial e direto. Lima Barreto buscava uma literatura que refletisse a realidade social e despertasse uma consciência crítica.

Lima Barreto faleceu em 1922, deixando um legado literário que inclui obras como "Clara dos Anjos" e

"Cemitério dos Vivos". Sua obra continua a ser estudada e valorizada, destacando-se por sua relevância social e estilística, e por sua contribuição à literatura brasileira como um todo.

Neste volume, "7 Melhores Contos de Lima Barreto", mergulhamos no universo singular do autor, explorando suas narrativas que ecoam questões atemporais como o racismo, a burocracia e as complexidades da vida urbana.

A BIBLIOTECA

À proporção que avançava em anos, mais nítidas lhe vinham as reminiscências das cousas da casa paterna. Ficava ela lá pelas bandas da Rua do Conde, por onde passavam então as estrondosas e fagulhentas "maxambombas" da Tijuca. Era um casarão grande, de dois andares, rés-do-chão, chácara cheia de fruteiras, rico de salas, quartos, alcovas, povoado de parentes, contraparentes, fâmulos, escravos; e a escada que servia os dois pavimentos, situada um pouco além da fachada, a desdobrar-se em toda a largura do prédio, era iluminada por uma grande e larga clarabóia de vidros multicores. Todo ele era assoalhado de peroba de Campos, com vastas tábuas largas, quase da largura da tora de que nasceram; e as esquadrias, portas, janelas, eram de madeira de lei. Mesmo a cocheira e o albergue da sege eram de boa madeira e tudo coberto de excelentes e pesadas telhas. Que cousas curiosas havia entre os seus móveis e alfaias? Aquela mobília de jacarandá-cabiúna com o seu vasto canapé, de três espaldares, ovalados e vastos, que mais parecia uma cama que mesmo um móvel de sala; aqueles imensos consolos, pesados, e ainda mais com aqueles enormes jarrões de porcelana da Índia que não vemos mais; aqueles desmedidos retratos dos seus antepassados, a ocupar as paredes de alto abaixo - onde andava tudo aquilo? Não sabia... Vendera ele, aqueles objetos? Alguns; e dera muitos.

Umas cousas, porém, ficaram com o irmão que morrera cônsul na Inglaterra e lá deixara a prole; outras, com a irmã que se casara para o Pará... Tudo, enfim, desaparecera. O que ele estranhava ter desaparecido eram as alfaias de prata, as colheres, as facas, o coador de chá... E o espevitador de velas? Como ele se lembrava desse utensílio obsoleto, de prata!

Era com ternura que se recordava dele, nas mãos de sua mãe, quando, nos longos serões, na sala de jantar, à espera do chá - que chá! - ele o via aparar os morrões das velas do candelabro, enquanto ela, sua mãe, não interrompia a história do Príncipe Tatu, que estava contando...

A tia Maria Benedita, muito velha, ao lado, sentada na estreita cadeira de jacarandá, tendo o busto ereto, encostado ao alto espaldar, ficava do lado, com os braços estendidos sobre os da cadeira, o tamborete aos pés, olhando atenta aquela sessão familiar, com o seu agudo olhar de velha e a sua hierática pose de estátua tebana tumular. Eram os nhonhôs e nhanhãs, nas cadeiras; e as crias e molecotes acocorados no assoalho, a ouvir... Era menino...

O aparelho de chá, o usual, o de todo o dia, como era lindo! Feito de uma louça negra, com ornatos em relevo, e um discreto esmalte muito igual de brilho - donde viera aquilo? Da China, da Índia?

E a gamela de bacurubu em que a Inácia, a sua ama, lhe dava banho - onde estava? Ah! As mudanças! Antes nunca tivesse vendido a casa paterna...

A casa é que conserva todas as recordações de família. Perdida que seja, como que ela se vinga fazendo dispersar as relíquias familiares que, de algum modo, conservavam a alma e a essência das pessoas queridas e mortas... Ele não podia, entretanto, manter o casarão... Foi o tempo, as leis, o progresso...

Todos aqueles trastes, todos aqueles objetos, no seu tempo de menino, sem grande valia, hoje valeriam muito... Tinha ainda o bule do aparelho de chá, um escumador, um guéridon com trabalho de embutido... Se ele tivesse (insistia) conservado a casa, tê-los-ia todos hoje, para poder rever o perfil aquilino, duro e severo do seu pai, tal qual estava ali, no retrato de Agostinho da Mota, professor de academia; e também a figurinha de Sèvres que era a sua mãe em moça, mas que os retratistas da terra nunca souberam pôr na tela. Mas não pôde conservar a casa... A constituição da família carioca foi insensivelmente se modificando; e ela era grande demais para a sua. De resto, o inventário, as partilhas, a diminuição de rendas, tudo isso tirou-a dele. A culpa não era sua, dele, era da marcha da sociedade em que vivia...

Essas recordações lhe vinham sempre e cada vez mais fortes, desde os quarenta e cinco anos; estivesse triste ou alegre, elas lhe acudiam. Seu pai, o Conselheiro Fernandes Carregal, tenente-coronel do Corpo de Engenheiros e lente da Escola Central, era filho do sargento-mor de engenharia e também lente da Academia Real Militar que o Conde de Linhares, ministro de Dom João VI, fundou em 1810, no Rio de Janeiro, com o fim de se desenvolverem entre nós os estudos de ciências matemáticas, físicas e naturais, como lá diz o ato oficial que a instituiu. Desta academia todos sabem como vieram a surgir a atual Escola Politécnica e a extinta Escola Militar da Praia Vermelha. O filho de Carregal, porém, não passara por nenhuma delas; e, apesar de farmacêutico, nunca se sentira atraído pela especialidade dos estudos do pai. Este dedicara-se, a seu modo e ao nosso jeito, à Química. Tinha por ela uma grande mania... bibliográfica. A sua biblioteca a esse respeito era completa e valiosa. Possuía verdadeiros "incunábulos", se assim se pode dizer, da química moderna. No original ou em tradução, lá havia preciosidades. De Lavoisier, encontravam-se quase todas as memórias, além do seu extraordinário e sagacíssimo *Traité Élémentaire de Chimie, présenté dans un ordre et d'après les découvertes modernes.*

    O velho lente, no dizer do filho, não podia pegar nesse respeitável livro que não fosse tomado de uma grande emoção.

    — Veja só meu filho, como os homens são maus! Lavoisier publicou esta maravilhosa obra no início da Revolução, a qual ele sinceramente aplaudiu... Ela o mandou para o cadafalso—sabe você por quê?

— Não, papai.

— Porque Lavoisier tinha sido uma espécie de coletor ou cousa parecida no tempo do rei. Ele o foi, meu filho, para ter dinheiro com que custeasse as suas experiências. Veja você como são as cousas e como é preciso ser mais do que homem para bem servir aos homens...

Além desta gema que era a sua menina dos olhos, o Conselheiro Carregal tinha também o Proust, *Novo Sistema de Filosofia Química*; o *Priestley, Expériences sur les différentes espèces d'air*; as obras de Guyton de Morveau; o *Traité de Berzelius*, tradução de Hoefer e Esslinger; a *Statique Chimique* do grande Berthollet; a Química Orgânica de Liebig, tradução de Gerhardt - todos livros antigos e sólidos, sendo dentre eles o mais moderno as Lições de Filosofia Química, de Würtz, que são de 1864; mas, o estado do livro dava a entender que nunca tinham sido consultadas. Havia mesmo algumas obras de alquimia, edições dos primeiros tempos da tipografia, enormes, que exigem ser lidas em altas escrivaninhas, o leitor de pé, com um burel de monge ou nigromante; e, entre os desta natureza, lá estava um exemplar do - *Le Livre des Figures Hiéroglyphiques* que a tradição atribui ao alquimista francês Nicolau Flamel.

Sobravam, porém, além destes, muitos outros livros de diferente natureza, mas também preciosos e estimáveis: um exemplar da Geometria de Euclides, em latim, impresso em Upsal, na Suécia, nos fins do século XVI; os

Principia de Newton, não a primeira edição, mas uma de Cambridge muito apreciada; e as edições *princeps* da *Méchanique Analytique*, de Lagrange, e da *Géométrie Descriptive*, de Monge.

Era uma biblioteca rica assim de obras de ciências físicas e matemáticas que o filho do Conselheiro Carregal, há quarenta anos para cinqüenta, piedosamente carregava de casa em casa, aos azares das mudanças desde que perdera o pai e vendera o casarão em que ela quietamente tinha vivido durante dezena de anos, a gosto e à vontade.

Poderão supor que ela só tivesse obras dessa especialidade; mas tal não acontecia. Havia as de outros feitios de espírito. Encontravam-se lá os clássicos latinos; a *Voyage autour du Monde* de Bougainville; uma *Nouvelle Héloise*, de Rousseau, com gravuras abertas em aço; uma linda edição dos Lusíadas, em caracteres elzevirianos; e um exemplar do Brasil e a Oceania, de Gonçalves Dias, com uma dedicatória, do próprio punho do autor, ao Conselheiro Carregal.

Fausto Carregal, assim era o nome do filho, até ali nunca se separara da biblioteca que lhe coubera como herança. Do mais que herdara, tudo dissipara, bem ou mal; mas os livros do conselheiro, ele os guardara intatos e conservados religiosamente, apesar de não os entender. Estudara alguma cousa, era até farmacêutico, mas sempre vivera alheado do que é verdadeiramente a substância dos livros— o pensamento e a absorção da pessoa humana neles.

Logo que pôde, arranjou um emprego público que nada tinha a ver com o seu diploma, afogou-se no seu ofício burocrático, esqueceu-se do pouco que estudara, chegou a chefe de seção, mas não abandonou jamais os livros do pai que sempre o acompanharam, e as suas velhas estantes de vinhático com incrustação de madrepérola.

A sua esperança era que um dos seus filhos os viesse a entender um dia; e todo o seu esforço de pai sempre se encaminhou para isso. O mais velho dos filhos, o Álvaro, conseguiu ele matriculá-lo no Pedro II; mas logo, no segundo ano, o pequeno meteu-se em calaçarias de namoros, deu em noivo e, mal fez dezoito anos, empregou-se nos correios, praticante pro-rata, casando-se daí em pouco. Arrastava agora uma vida triste de casal pobre, moço, cheio de filhos, mais triste era ele ainda porquanto, não havendo alegria naquele lar, nem por isso havia desarmonia. Marido e mulher puxavam o carro igualmente...

O segundo filho não quisera ir além do curso primário. Empregara-se logo em um escritório comercial, fizera-se remador de um clube de regatas, ganhava bem e andava pelas tolas festas domingueiras de *sport*, com umas calças sungadas pelas canelas e um *canotier* muito limpo, tendo na fita uma bandeirinha idiota.

A filha casara-se com um empregado da Câmara Municipal de Niterói e lá vivia.

Restava-lhe o filho mais moço, o Jaime, tão bom. tão meigo e tão seu amigo, que lhe pareceu, quando veio ao mundo, ser aquele que estava destinado a ser o inteligente, o intelectual da família, o digno herdeiro do avô e do bisavô.

Mas não foi; e ele se lembrava agora como recomendava sempre à mulher, nos primeiros anos de vida do caçula, ao ir para a repartição:

— Irene, cuida bem do Jaime! Ele é que vai ler os papéis do meu pai.

Porque o pequeno, em criança, era tão doentinho, tão mirrado, apesar dos seus olhos muito claros e vivos, que o pai temia fosse com ele a sua última esperança de um herdeiro capaz da biblioteca do conselheiro.

Jaime tinha nascido quando o mais velho entrava nos doze anos; e o inesperado daquela concepção alegrava-lhe muito, mas inquietara a mãe.

Pelos seus quatro anos de idade, Fausto Carregal já tinha podido ver o desenvolvimento dos dois outros seus filhos varões e havia desesperado de ver qualquer um deles entender, quer hoje ou amanhã, os livros do avô e do bisavô, que jaziam limpos, tratados, embalsamados, nos jazigos das prateleiras das estantes de vinhático, à espera de uma inteligência, na descendência dos seus primeiros proprietários, para de novo fazê-los voltar à completa e total vida do pensamento e da atividade mental fecunda.

Certo dia, lembrando-se de seu pai em face das esperanças que depositava no seu filho temporão, Fausto Carregal considerou que, apesar do amor de seu progenitor à Química, nunca ele o vira com *éprourettes*, com copos graduados, com retortas. Eram só livros que ele procurava. Como os velhos sábios brasileiros, seu pai tinha horror ao laboratório, à experiência feita com as suas mãos, ele mesmo...

O seu filho, porém, o Jaime, não seria assim. Ele o queria com o maçarico, com o bico de Bunsen, com a baqueta de vidro, com o copo de laboratório...

— Irene tu vais ver como o Jaime vai além do avô! Fará descobertas.

Sua mulher, entretanto, filha de um clínico que tivera fama quando moço, não tinha nenhum entusiasmo por essas cousas. A vida, para ela, se resumia em viver o mais simplesmente possível. Nada de grandes esforços, ou mesmo de pequenos, para se ir além do comum de todos; nada de escaladas, de ascensões; tudo terra-a-terra, muito cá embaixo... Viver, e só! Para que sabedorias? Para que nomeadas? Quase nunca davam dinheiro e quase sempre desgostos. Por isso, jamais se esforçou para que os seus filhos fossem além do ler, escrever e contar; e isso mesmo a fim de arranjarem um emprego que não fosse braçal, pesado ou senil.

O Jaime cresceu sempre muito meigo, muito dócil, muito bom; mas com venetas estranhas. Implicava com uma vela acesa em cima de um móvel porque lhe pareciam os círios que vira em torno de um defunto, na vizinhança; quando trovejava ficava a um canto calado, temeroso; o relâmpago fazia-o estremecer de medo, e logo após, ria-se de um modo estranho... Não era contudo doente; com o crescimento, até adquirira certa robustez. Havia noites, porém, em que tinha uma espécie de ataque, seguido de um choro convulso, uma cousa inexplicável que passava e voltava sem causa, nem motivo. Quando chegou aos sete anos, logo o pai quis pôr-lhe na mão a cartilha, porquanto vinha notando com singular satisfação a curiosidade do filho pelos livros, pelos desenhos e figuras, que os jornais e revistas traziam. Ele os contemplava horas e horas, absorvido, fixando nas gravuras os seus olhos castanhos, bons, leais...

Pôs-lhe a cartilha na mão:

— "A-e-i-o-u" - diga: "a".

O pequeno dizia: "a"; o pai seguia: "e"; Jaime repetia: "e"; mas quando chegava a "o", parecia que lhe invadia um cansaço mental, enfarava-se subitamente, não queria mais atender, não obedecia mais ao pai e, se este insistia e ralhava, o filho desatava a chorar:

— Não quero mais, papaizinho! Não quero mais!

Consultou médicos amigos. Aconselharam-no esperar que a criança tivesse mais idade. Aguardou mais um ano, durante o qual, para estimular o filho, não cessava de recomendar:

—Jaime, você precisa aprender a ler. Quem não sabe ler, não arranja nada na vida.

Foi em vão. As cousas se vieram a passar como da primeira vez. Aos doze anos, contratou um professor paciente, um velho empregado público aposentado, no intuito de ver se instilava inteligência do filho o mínimo de saber ler e escrever. O professor começou com toda a paciência e tenacidade; mas, a criança que era incapaz de ódio até ali, perdeu a doçura, a meiguice para com o professor.

Era falar-lhe no nome, a menos que o pai estivesse presente, ele desandava em descomposturas, em doestes, em sarcasmos ao físico e às maneiras do bom velho. Cansado, o antigo burocrata, ao fim de dois anos, despediu-se tendo conseguido que Jaime soletrasse e contasse alguma cousa.

Carregal meditou ainda um remédio, mas não encontrou. Consultou médicos, amigos, conhecidos. Era um caso excepcional; era um caso mórbido esse de seu filho. Remédio, se um houvesse, não existia aqui; só na Europa... Não podia, o pequeno, aprender bem, nem mesmo ler, escrever, contar!... Oh! Meu Deus!

A conclusão lhe chegou sem choque, sem nenhuma brusca violência; chegou sorrateiramente, mansamente, pé ante pé, devagar, como uma conclusão fatal que era.

Tinha o velho Carregal, por hábito, ficar na sala em que estavam os livros e as estantes do pai, a ler, pela manhã, os jornais do dia. Ã proporção que os anos se passavam e os desgostos aumentavam-lhe n'alma, mais religiosamente ele cumpria essa devoção à memória do pai. Chorava às vezes de arrependimento, vendo aquele pensamento todo, ali sepultado, mas ainda vivo, sem que entretanto pudesse fecundar outros pensamentos... Por que não estudara?

Dava-se assim, com aquela devoção diária, a ele mesmo, a ilusão de que, se não compreendia aqueles livros profundos e antigos, os respeitava e amava como a seu pai, esquecido de que para amá-los sinceramente era preciso compreendê-los primeiro. São deuses os livros, que precisam ser analisados, para depois serem adorados; e eles não aceitam a adoração senão dessa forma...

Naquela manhã, como de costume, fora para a sala dos livros, ler os jornais; mas não os pôde ler logo.

Pôs-se a contemplar os volumes nas suas molduras de vinhático. Viu o pai, o casarão, os moleques, as mucamas, as crias, o fardão do seu avô, os retratos... Lembrou-se mais fortemente de seu pai e viu-o lendo, entre aquelas obras, sentado a uma grande mesa, tomando de quando em quando rapé, que ele tirava às pitadas de uma boceta de tartaruga, espirrar depois, assoar-se num grande lenço de Alcobaça, sempre lendo, com o cenho carregado, os seus grandes e estimados livros.

As lágrimas vieram aos olhos daquele velho e avô. Teve de sustê-las logo. O filho mais novo entrava na dependência da casa em que ele se havia recolhido. Não tinha Jaime, porém, por esse tempo, um olhar de mais curiosidade para aqueles veneráveis volumes avoengos. Cheio dos seus dezesseis anos, muito robusto, não havia nele nem angústias, nem dúvidas. Não era corroído pelas idéias e era bem nutrido pela limitação e estreiteza de sua inteligência. Foi logo falando, sem mais detença, ao pai:

— Papai, você me dá cinco mil-réis, para eu ir hoje ao *football*[1].

O velho olhou o filho. Olhou a sua adolescência estúpida e forte, olhou seu mau feitio de cabeça; olhou bem aquele último fruto direto de sua carne e de seu sangue; e não se lembrou do pai. Respondeu:

— Dou, meu filho. Dentro em pouco, você terá.

E em seguida como se acudisse alguma cousa deslembrada que aquelas palavras lhe fizeram surgir à tona do pensamento, acrescentou com pausa:

— Diga a sua mãe que me mande buscar na venda uma lata de querosene, antes que feche. Não se esqueça, está ouvindo!

---

[1] Lima Barreto era um crítico da prática do futebol, vendo no esporte um catalizador de violência e nos clubes, agremiações comandadas por descendentes dos senhores de escravos. O autor inclusive chegou a fundar a "Liga Contra o *Foot-ball*", no qual tentava a proibição do esporte no país. A seguir, o trecho do caderno esportivo do jornal O Paiz, de fevereiro de 1921: "*O Sr. Lima Barreto é um fervoroso antagiosnista do foot-ball e, como tal, não se fatiga em propagar o seu mal em qualquer lugar que seja. Por todo o território brasileiro se estende a sua propaganda, mas, felizmente, poucos, bem poucos são aqueles que o tem acompanhado.*"

Era domingo. Almoçaram. O filho foi para o *football*; a mulher foi visitar a filha e os netos, em Niterói; e o velho Fausto Carregal ficou só em casa, pois a cozinheira teve também folga.

Com os seus ainda robustos setenta anos, o velho Fausto Fernandes Carregal, filho do tenente-coronel de engenharia, Conselheiro Fernandes Carregal, lente da Escola Central, tendo concertado mais uma vez o seu antigo *covaignac* inteiramente branco e pontiagudo, sem tropeço, sem desfalecimento, aos dois aos quatro, aos seis, ele só, sacerdotalmente, ritualmente, foi carregando os livros que tinham sido do pai e do avô para o quintal da casa. Amontoou-os em vários grupos, aqui e ali, untou de petróleo cada um, muito cuidadosamente, e ateou-lhes fogo sucessivamente.

No começo a espessa fumaça negra do querosene não deixava ver bem as chamas brilharem; mas logo que ele se evolou, o clarão delas, muito amarelo, brilhou vitoriosamente com a cor que o povo diz ser a do desespero...

A Nova Califórnia

Ninguém sabia donde viera aquele homem. O agente do Correio pudera apenas informar que acudia ao nome de Raimundo Flamel[2], pois assim era subscrita a correspondência que recebia. E era grande. Quase diariamente, o carteiro lá ia a um dos extremos da cidade, onde morava o desconhecido, sopesando um maço alentado de cartas vindas do mundo inteiro, grossas revistas em línguas arrevesadas, livros, pacotes...

Quando Fabrício, o pedreiro, voltou de um serviço em casa do novo habitante, todos na venda perguntaram-lhe que trabalho lhe tinha sido determinado.

— Vou fazer um forno, disse o preto, na sala de jantar.

Imaginem o espanto da pequena cidade de Tubiacanga, ao saber de tão extravagante construção: um forno na sala de jantar! E, pelos dias seguintes, Fabrício pôde contar que vira balões de vidros, facas sem corte, copos como os da farmácia —um rol de coisas esquisitas a se mostrarem pelas mesas e prateleiras como utensílios de uma bateria de cozinha em que o próprio diabo cozinhasse.

---

2   Referência a Nicolas Flamel (1330 — 1418) um escrivão, copista e vendedor de livros de sucesso francês que ganhou fama de alquimista no século XVII. Segundo a lenda teria fabricado a pedra filosofal, o elixir da longa vida e realizado a transmutação de metais em ouro por meio de um livro misterioso.

O alarme se fez na vila. Para uns, os mais adiantados, era um fabricante de moeda falsa; para outros, os crentes e simples, um tipo que tinha parte com o tinhoso.

Chico da Tirana, o carreiro, quando passava em frente da casa do homem misterioso, ao lado do carro a chiar, e olhava a chaminé da sala de jantar a fumegar, não deixava de persignar-se e rezar um "credo" em voz baixa; e, não fora a intervenção do farmacêutico, o subdelegado teria ido dar um cerco à casa daquele indivíduo suspeito, que inquietava a imaginação de toda uma população.

Tomando em consideração as informações de Fabrício, o boticário Bastos concluirá que o desconhecido devia ser um sábio, um grande químico, refugiado ali para mais sossegadamente levar avante os seus trabalhos científicos.

Homem formado e respeitado na cidade, vereador, médico também, porque o doutor Jerônimo não gostava de receitar e se fizera sócio da farmácia para mais em paz viver, a opinião de Bastos levou tranquilidade a todas as consciências e fez com que a população cercasse de uma silenciosa admiração a pessoa do grande químico, que viera habitar a cidade.

De tarde, se o viam a passear pela margem do Tubiacanga, sentando-se aqui e ali, olhando perdidamente as águas claras do riacho, cismando diante da penetrante melancolia do crepúsculo, todos se descobriam e não era raro que às "boas noites" acrescentassem "doutor". E tocava muito o coração daquela gente a profunda simpatia com que ele tratava as crianças, a maneira pela qual as contemplava, parecendo apiedar-se de que elas tivessem nascido para sofrer e morrer.

Na verdade, era de ver-se, sob a doçura suave da tarde, a bondade de Messias com que ele afagava aquelas crianças pretas, tão lisas de pele e tão tristes de modos, mergulhadas no seu cativeiro moral, e também as brancas, de pele baça, gretada e áspera, vivendo amparadas na necessária caquexia dos trópicos.

Por vezes, vinha-lhe vontade de pensar qual a razão de ter Bernardin de Saint-Pierre gasto toda a sua ternura com Paulo e Virgínia e esquecer-se dos escravos que os cercavam...

Em poucos dias a admiração pelo sábio era quase geral, e não o era unicamente porque havia alguém que não tinha em grande conta os méritos do novo habitante.

Capitão Pelino, mestre-escola e redator da Gazeta de Tubiacanga, órgão local e filiado ao partido situacionista, embirrava com o sábio. "Vocês hão de ver, dizia ele, quem é esse tipo... Um caloteiro, um aventureiro ou talvez um ladrão fugido do Rio."

A sua opinião em nada se baseava, ou antes, baseava-se no seu oculto despeito vendo na terra um rival para a fama de sábio de que gozava. Não que Pelino fosse químico, longe disso; mas era sábio, era gramático. Ninguém escrevia em Tubiacanga que não levasse bordoada do Capitão Pelino, e mesmo quando se falava em algum homem notável lá no Rio, ele não deixava de dizer: "Não há dúvida! O homem tem talento, mas escreve: "um outro", "de resto"..." E contraía os lábios como se tivesse engolido alguma cousa amarga.

Toda a vila de Tubiacanga acostumou-se a respeitar o solene Pelino, que corrigia e emendava as maiores glórias nacionais. Um sábio...

Ao entardecer, depois de ler um pouco o Sotero, o Cândido de Figueiredo ou o Castro Lopes, e de ter passado mais uma vez a tintura nos cabelos, o velho mestre-escola saía vagarosamente de casa, muito abotoado no seu paletó de brim mineiro, e encaminhava-se para a botica do Bastos a dar dois dedos de prosa. Conversar é um modo de dizer, porque era Pelino avaro de palavras, limitando-se tão-somente a ouvir. Quando, porém, dos lábios de alguém escapava a menor incorreção de linguagem, intervinha e emendava. "Eu asseguro, dizia o agente do Correio, que..." Por aí, o mestre-escola intervinha com mansuetude evangélica: "Não diga "asseguro" Senhor Bernardes; em português é garanto."

E a conversa continuava depois da emenda, para ser de novo interrompida por uma outra. Por essas e outras, houve muitos palestradores que se afastaram, mas Pelino, indiferente, seguro dos seus deveres, continuava o seu apostolado de vernaculismo. A chegada do sábio veio distraí-lo um pouco da sua missão. Todo o seu esforço voltava-se agora para combater aquele rival, que surgia tão inopinadamente.

Foram vãs as suas palavras e a sua eloqüência: não só Raimundo Flamel pagava em dia as suas contas, como era generoso - pai da pobreza - e o farmacêutico vira numa revista de específicos seu nome citado como químico de valor.

II

Havia já anos que o químico vivia em Tubiacanga, quando, uma bela manhã, Bastos o viu entrar pela botica adentro. O prazer do farmacêutico foi imenso. O sábio não se dignara até aí visitar fosse quem fosse e, certo dia, quando o sacristão Orestes ousou penetrar em sua casa, pedindo-lhe uma esmola para a futura festa de Nossa Senhora da Conceição, foi com visível enfado que ele o recebeu e atendeu.

Vendo-o, Bastos saiu de detrás do balcão, correu a recebê-lo com a mais perfeita demonstração de quem sabia com quem tratava e foi quase em uma exclamação que disse:

—Doutor, seja bem-vindo.

O sábio pareceu não se surpreender nem com a demonstração de respeito do farmacêutico, nem com o

tratamento universitário. Docemente, olhou um instante a armação cheia de medicamentos e respondeu:
— Desejava falar-lhe em particular, Senhor Bastos.
O espanto do farmacêutico foi grande. Em que poderia ele ser útil ao homem, cujo nome corria mundo e de quem os jornais falavam com tão acendrado respeito? Seria dinheiro? Talvez... Um atraso no pagamento das rendas, quem sabe? E foi conduzindo o químico para o interior da casa, sob o olhar espantado do aprendiz que, por um momento, deixou a "mão" descansar no gral, onde macerava uma tisana qualquer.

Por fim, achou ao fundo, bem no fundo, o quartinho que lhe servia para exames médicos mais detidos ou para as pequenas operações, porque Bastos também operava. Sentaram-se e Flamel não tardou a expor:
— Como o senhor deve saber, dedico-me à química, tenho mesmo um nome respeitado no mundo sábio...
— Sei perfeitamente, doutor, mesmo tenho disso informado, aqui, aos meus amigos.
— Obrigado. Pois bem: fiz uma grande descoberta, extraordinária...

Envergonhado com o seu entusiasmo, o sábio fez uma pausa e depois continuou:
— Uma descoberta... Mas não me convém, por ora, comunicar ao mundo sábio, compreende?
— Perfeitamente.

— Por isso precisava de três pessoas conceituadas que fossem testemunhas de uma experiência dela e me dessem um atestado em forma, para resguardar a prioridade da minha invenção... O senhor sabe: há acontecimentos imprevistos e...
— Certamente! Não há dúvida!
— Imagine o senhor que se trata de fazer ouro...
— Como? O quê? fez Bastos, arregalando os olhos.
— Sim! Ouro! disse, com firmeza, Flamel.
— Como?
— O senhor saberá, disse o químico secamente. A questão do momento são as pessoas que devem assistir à experiência, não acha?
— Com certeza, é preciso que os seus direitos fiquem resguardados, porquanto...
— Uma delas, interrompeu o sábio, é o senhor; as outras duas, o Senhor Bastos fará o favor de indicar-me.
O boticário esteve um instante a pensar, passando em revista os seus conhecimentos e, ao fim de uns três minutos, perguntou:
— O Coronel Bentes lhe serve? Conhece?
— Não. O senhor sabe que não me dou com ninguém aqui.
— Posso garantir-lhe que é homem sério, rico e muito discreto.

— E religioso? Faço-lhe esta pergunta, acrescentou Flamel logo, porque temos que lidar com ossos de defunto e só estes servem...
— Qual! E quase ateu...
— Bem! Aceito. E o outro?
Bastos voltou a pensar e dessa vez demorou-se um pouco mais consultando a sua memória... Por fim, falou:
— Será o Tenente Carvalhais, o coletor, conhece?
— Como já lhe disse...
— E verdade. E homem de confiança, sério, mas...
— Que é que tem?
— E maçom.
— Melhor.
— E quando é?
— Domingo. Domingo, os três irão lá em casa assistir à experiência e espero que não me recusarão as suas firmas para autenticar a minha descoberta.
— Está tratado.
Domingo, conforme prometeram, as três pessoas respeitáveis de Tubiacanga foram à casa de Flamel, e, dias depois, misteriosamente, ele desaparecia sem deixar vestígios ou explicação para o seu desaparecimento.

III

Tubiacanga era uma pequena cidade de três ou quatro mil habitantes, muito pacífica, em cuja estação, de onde em onde, os expressos davam a honra de parar. Há cinco anos não se registrava nela um furto ou roubo. As portas e janelas só eram usadas... porque o Rio as usava.

O único crime notado em seu pobre cadastro fora um assassinato por ocasião das eleições municipais; mas, atendendo que o assassino era do partido do governo, e a vítima da oposição, o acontecimento em nada alterou os hábitos da cidade, continuando ela a exportar o seu café e a mirar as suas casas baixas e acanhadas nas escassas águas do pequeno rio que a batizara.

Mas, qual não foi a surpresa dos seus habitantes quando se veio a verificar nela um dos repugnantes crimes de que se tem memória! Não se tratava de um esquartejamento ou parricídio; não era o assassinato de uma família inteira ou um assalto à coletoria; era cousa pior, sacrílega aos olhos de todas as religiões e consciências: violavam-se as sepulturas do "Sossego", do seu cemitério, do seu campo-santo.

Em começo, o coveiro julgou que fossem cães, mas, revistando bem o muro, não encontrou senão pequenos buracos. Fechou-os; foi inútil. No dia seguinte, um jazigo perpétuo arrombado e os ossos saqueados; no outro, um carneiro e uma sepultura rasa. Era gente ou demônio. O coveiro não quis mais continuar as pesquisas por sua conta, foi ao subdelegado e a notícia espalhou-se pela cidade.

A indignação na cidade tomou todas as feições e todas as vontades. A religião da morte precede todas e certamente será a última a morrer nas consciências. Contra a profanação, clamaram os seis presbiterianos do lugar - os bíblicos, como lhes chama o povo; clamava o Agrimensor Nicolau, antigo cadete, e positivista do rito Teixeira Mendes; clamava o Major Camanho, presidente da Loja Nova Esperança; clamavam o turco Miguel Abudala, negociante de armarinho, e o cético Belmiro, antigo estudante, que vivia ao deus-dará, bebericando parati nas tavernas. A própria filha do engenheiro residente da estrada de ferro, que vivia desdenhando aquele lugarejo, sem notar sequer os suspiros dos apaixonados locais, sempre esperando que o expresso trouxesse um príncipe a desposá-la - , a linda e desdenhosa Cora não pôde deixar de compartilhar da indignação e do horror que tal ato provocara em todos do lugarejo. Que tinha ela com o túmulo de antigos escravos e humildes roceiros? Em que podia interessar aos seus lindos olhos pardos o destino de tão humildes ossos? Porventura o furto deles perturbaria o seu sonho de fazer radiar a beleza de sua boca, dos seus olhos e do seu busto nas calçadas do Rio?

    Decerto, não; mas era a Morte, a Morte implacável e onipotente, de que ela também se sentia escrava, e que não deixaria um dia de levar a sua linda caveirinha para a paz eterna do cemitério. Aí Cora queria os seus ossos sossegados, quietos e comodamente descansando num caixão bem feito e num túmulo seguro, depois de ter sido a sua carne encanto e prazer dos vermes...

O mais indignado, porém, era Pelino. O professor deitara artigo de fundo, imprecando, bramindo, gritando: "Na estória do crime, dizia ele, já bastante rica de fatos repugnantes, como sejam: o esquartejamento de Maria de Macedo, o estrangulamento dos irmãos Fuoco, não se registra um que o seja tanto como o saque às sepulturas do "Sossego"."

E a vila vivia em sobressalto. Nas faces não se lia mais paz; os negócios estavam paralisados; os namoros suspensos. Dias e dias por sobre as casas pairavam nuvens negras e, à noite, todos ouviam ruídos, gemidos, barulhos sobrenaturais... Parecia que os mortos pediam vingança...

O saque, porém, continuava. Toda noite eram duas, três sepulturas abertas e esvaziadas de seu fúnebre conteúdo. Toda a população resolveu ir em massa guardar os ossos dos seus maiores. Foram cedo, mas, em breve, cedendo à fadiga e ao sono, retirou-se um, depois outro e, pela madrugada, já não havia nenhum vigilante. Ainda nesse dia o coveiro verificou que duas sepulturas tinham sido abertas e os ossos levados para destino misterioso.

Organizaram então uma guarda. Dez homens decididos juraram perante o subdelegado vigiar durante a noite a mansão dos mortos.

Nada houve de anormal na primeira noite, na segunda e na terceira; mas, na quarta, quando os vigias já se dispunham a cochilar, um deles julgou lobrigar um vulto esgueirando-se por entre a quadra dos carneiros. Correram e conseguiram apanhar dois dos vampiros. A raiva e a indignação, até aí sopitadas no animo deles, não se contiveram mais e deram tanta bordoada nos macabros ladrões, que os deixaram estendidos como mortos.

A notícia correu logo de casa em casa e, quando, de manhã, se tratou de estabelecer a identidade dos dois malfeitores, foi diante da população inteira que foram neles reconhecidos o Coletor Carvalhais e o Coronel Bentes, rico fazendeiro e presidente da Câmara. Este último ainda vivia e, a perguntas repetidas que lhe fizeram, pôde dizer que juntava os ossos para fazer ouro e 0 companheiro que fugira era 0 farmacêutico.

Houve espanto e houve esperanças. Como fazer ouro com ossos? Seria possível? Mas aquele homem rico, respeitado, como desceria ao papel de ladrão de mortos se a cousa não fosse verdade!

Se fosse possível fazer, se daqueles míseros despojos fúnebres se pudesse fazer alguns contos de réis, como não seria bom para todos eles!

O carteiro, cujo velho sonho era a formatura do filho, viu logo ali meios de consegui-la. Castrioto, o escrivão do juiz de paz, que no ano passado conseguiu comprar uma casa, mas ainda não a pudera cercar, pensou no muro, que lhe devia proteger a horta e a criação. Pelos olhos do sitiante Marques, que andava desde anos atrapalhado para arranjar um pasto, pensou logo no prado verde do Costa, onde os seus bois engordariam e ganhariam forças...

Às necessidades de cada um, aqueles ossos que eram ouro viriam atender, satisfazer e felicitá-los; e aqueles dois ou três milhares de pessoas, homens, crianças, mulheres, moços e velhos, como se fossem uma só pessoa, correram à casa do farmacêutico.

A custo, o subdelegado pôde impedir que varejassem a botica e conseguir que ficassem na praça, à espera do homem que tinha o segredo de todo um Potosi. Ele não tardou a aparecer. Trepado a uma cadeira, tendo na mão uma pequena barra de ouro que reluzia ao forte sol da manhã, Bastos pediu graça, prometendo que ensinaria o segredo, se lhe poupassem a vida. "Queremos já sabê-lo," gritaram. Ele então explicou que era preciso redigir a receita, indicar a marcha do processo, os reativos — trabalho longo que só poderia ser entregue impresso no dia seguinte. Houve um murmúrio, alguns chegaram a gritar, mas o subdelegado falou e responsabilizou-se pelo resultado.

Docilmente, com aquela doçura particular às multidões furiosas, cada qual se encaminhou para casa, tendo na cabeça um único pensamento: arranjar imediatamente a maior porção de ossos de defunto que pudesse.

O sucesso chegou à casa do engenheiro residente da estrada de ferro. Ao jantar, não se falou em outra cousa. O doutor concatenou o que ainda sabia do seu curso, e afirmou que era impossível. Isto era alquimia, cousa morta: ouro é ouro, corpo simples, e osso é osso, um composto, fosfato de cal. Pensar que se podia fazer de uma cousa outra era "besteira". Cora aproveitou o caso para rir-se petropolimente da crueldade daqueles botocudos; mas sua mãe, Dona Emilia, tinha fé que a cousa era possível.

À noite, porém, o doutor percebendo que a mulher dormia, saltou a janela e correu em direitura ao cemitério; Cora, de pés nus, com as chinelas nas mãos, procurou a criada para irem juntas à colheita de ossos. Não a encontrou, foi sozinha; e Dona Emília, vendo-se só, adivinhou o passeio e lá foi também. E assim aconteceu na cidade inteira. O pai, sem dizer nada ao filho, saía; a mulher, julgando enganar o marido, saía; os filhos, as filhas, os criados—toda a população, sob a luz das estrelas assombradas, correu ao satânico *rendez-vous* no "Sossego". E ninguém faltou. O mais rico e o mais pobre lá estavam. Era o turco Miguel, era o professor Pelino, o doutor Jerônimo, o Major Camanho, Cora, a linda e deslumbrante Cora, com os seus lindos dedos de alabastro, revolvia a sânie das sepulturas, arrancava as carnes, ainda podres agarradas tenazmente aos ossos e deles enchia o seu regaço até ali inútil. Era o dote que colhia e as suas narinas, que se abriam em asas rosadas e quase transparentes, não sentiam o fétido dos tecidos apodrecidos em lama fedorenta...

A desinteligência não tardou a surgir; os mortos eram poucos e não bastavam para satisfazer a fome dos vivos. Houve facadas, tiros, cachações. Pelino esfaqueou o turco por causa de um fêmur e mesmo entre as famílias questões surgiram. Unicamente, o carteiro e o filho não brigaram. Andaram juntos e de acordo e houve uma vez que o pequeno, uma esperta criança de onze anos, até aconselhou ao pai: "Papai vamos aonde está mamãe; ela era tão gorda..."

De manhã, o cemitério tinha mais mortos do que aqueles que recebera em trinta anos de existência. Uma única pessoa lá não estivera, não matara nem profanara sepulturas: fora o bêbedo Belmiro.

Entrando numa venda, meio aberta, e nela não encontrando ninguém, enchera uma garrafa de parati e se deixara ficar a beber sentado na margem do Tubiacanga, vendo escorrer mansamente as suas águas sobre o áspero leito de granito - ambos, ele e o rio, indiferentes ao que já viram, mesmo à fuga do farmacêutico, com o seu Potosi e o seu segredo, sob o dossel eterno das estrelas.

Porque não se matava

Esse meu amigo era o homem mais enigmático que conheci. Era a um tempo taciturno e expansivo, egoísta e generoso, bravo e covarde, trabalhador e vadio. Havia no seu temperamento uma desesperadora mistura de qualidades opostas e, na sua inteligência, um encontro curioso de lucidez e confusão, de agudeza e embotamento.

Nós nos dávamos desde muito tempo. Aí pelos doze anos, quando comecei a estudar os preparatórios, encontrei-o no colégio e fizemos relações. Gostei da sua fisionomia, da estranheza do seu caráter e mesmo ao descansarmos no recreio, após as aulas, a minha meninice contemplava maravilhada aquele seu longo olhar cismático, que se ia tão demoradamente pelas coisas e pelas pessoas.

Continuamos sempre juntos até à escola superior, onde andei conversando; e, aos poucos, fui verificando que as suas qualidades se acentuavam e os seus defeitos também.

Ele entendia maravilhosamente a mecânica, mas não havia jeito de estudar essas coisas de câmbio, de jogo de bolsa. Era assim: para umas coisas, muita penetração; para outras, incompreensão.

Formou-se, mas nunca fez uso da carta. Tinha um pequeno rendimento e sempre viveu dele, afastado dessa humilhante coisa que é a caça ao emprego.

Era sentimental, era emotivo; mas nunca lhe conheci amor. Isto eu consegui decifrar, e era fácil. A sua delicadeza e a sua timidez faziam a compartilha com outro, as coisas secretas de sua pessoa, dos seus sonhos, tudo o que havia de secreto e profundo na sua alma.

Há dias encontrei-o no chope, diante de uma alta pilha de rodelas de papelão, marcando com solenidade o número de copos bebidos.

Foi ali, no Adolfo, à Rua da Assembléia, onde aos poucos temos conseguido reunir uma roda de poetas, literatos, jornalistas, médicos, advogados, a viver na máxima harmonia, trocando idéias, conversando e bebendo sempre.

E uma casa por demais simpática, talvez a mais antiga no gênero, e que já conheceu duas gerações de poetas. Por ela, passaram o Gonzaga Duque, o saudoso Gonzaga Duque, o B. Lopes, o Mário Pederneiras, o Lima Campos, o Malagutti e outros pintores que completavam essa brilhante sociedade de homens inteligentes.

Escura e oculta à vista da rua, é um ninho e também uma academia. Mais do que uma academia. São duas ou três. Somos tantos e de feições mentais tão diferentes, que bem formamos uma modesta miniatura do Silogeu.

Não se fazem discursos à entrada: bebe-se e joga-se bagatela, lá ao fundo, cercado de uma platéia ansiosa por ver o Amorim Júnior fazer sucessivos dezoitos.

Fui encontrá-lo lá, mas o meu amigo se havia afastado do ruidoso cenáculo do fundo; e ficara só a uma mesa isolada.

Pareceu-me triste e a nossa conversa não foi logo abundantemente sustentada. Estivemos alguns minutos calados, sorvendo aos goles a cerveja consoladora.

O gasto de copos aumentou e ele então falou com mais abundância e calor. Em princípio, tratamos de coisas gerais de arte e letras. Ele não é literato, mas gosta das letras, e as acompanha com carinho e atenção. Ao fim de digressões a tal respeito, ele me disse de repente:

— Sabes por que não me mato?

Não me espantei, porque tenho por hábito não me espantar com as coisas que se passam no chope. Disse-lhe muito naturalmente:

—Não.

— És contra o suicídio?

— Nem contra, nem a favor; aceito-o.

— Bem. Compreendes perfeitamente que não tenho mais motivo para viver. Estou sem destino, a minha vida não tem fim determinado. Não quero ser senador, não quero ser deputado, não quero ser nada. Não tenho ambições de riqueza, não tenho paixões nem desejos. A minha vida me aparece de uma inutilidade de trapo. Já descri de tudo, da arte, da religião e da ciência.

O Manuel serviu-nos mais dois chopes, com aquela delicadeza tão dele, e o meu amigo continuou:

— Tudo o que há na vida, o que lhe dá encanto, já não me atrai, e expulsei do meu coração. Não quero amantes, é coisa que sai sempre uma caceteação; não quero mulher, esposa, porque não quero ter filhos, continuar assim a longa cadeia de desgraças que herdei e está em mim em estado virtual para passar aos outros. Não quero viajar; enfada. Que hei de fazer?

Eu quis dar-lhe um conselho final, mas abstive-me, e respondi, em contestação:

— Matar-te.

— É isso que eu penso; mas...

A luz elétrica enfraqueceu um pouco e cri que uma nuvem lhe passava no olhar doce e tranqüilo.

— Não tens coragem? - perguntei eu.

— Um pouco; mas não é isso o que me afasta do fim natural da minha vida.

— Que é, então?

— E a falta de dinheiro!

—Como? Um revólver é barato.

— Eu me explico. Admito a piedade em mim, para os outros; mas não admito a piedade dos outros para mim. Compreendes bem que não vivo bem; o dinheiro que tenho é curto, mas dá para as minhas despesas, de forma que estou sempre com cobres curtos. Se eu ingerir aí qualquer droga, as autoridades vão dar com o meu cadáver miseravelmente privado de notas do Tesouro. Que comentários farão? Como vão explicar o meu suicídio? Por falta de dinheiro. Ora, o único ato lógico e alto da minha vida, ato de suprema justiça e profunda sinceridade, vai ser interpretado, através da piedade profissional dos jornais, como reles questão de dinheiro. Eu não quero isso...

Do fundo da sala, vinha a alegria dos jogadores de bagatela; mas aquele casquinar não diminuía em nada a exposição das palavras sinistras do meu amigo.

— Eu não quero isso - continuou ele. Quero que se de ao ato o seu justo valor e que nenhuma consideração subalterna lhe diminua a elevação.

— Mas escreve.

— Não sei escrever. A aversão que há na minha alma excede às forças do meu estilo. Eu não saberei dizer tudo o que de desespero vai nela; e, se tentar expor, ficarei na banalidade e as nuanças fugidias dos meus sentimentos não serão registradas. Eu queria mostrar a todos que fui traído; que me prometeram muito e nada me deram; que tudo isso é vão e sem sentido, estando no fundo dessas coisas pomposas, arte, ciência, religião, a impotência de todos nós diante de augusto mistério do mundo. Nada disso nos dá o sentido do nosso destino; nada disto nos dá uma regra exata de conduta, não nos leva à felicidade, nem tira as coisas hediondas da sociedade. Era isso...

— Mas vem cá: se tu morresses com dinheiro na algibeira, nem por tal...

— Há nisso uma causa: a causa da miséria ficaria arredada.

— Mas podia ser atribuído ao amor.

— Qual. Não recebo cartas de mulher, não namoro, não requesto mulher alguma; e não podiam, portanto, atribuir ao amor o meu desespero.

— Entretanto, a causa não viria à tona e o teu ato não seria aquilatado devidamente.

— De fato, é verdade; mas a causa-miséria não seria evidente. Queres saber de uma coisa? Uma vez, eu me dispus. Fiz uma transação, arranjei uns quinhentos mil-réis. Queria morrer em beleza; mandei fazer uma casaca; comprei camisas, etc. Quando contei o dinheiro, já era pouco. De outra, fiz o mesmo. Meti-me em uma grandeza e, ao amanhecer em casa, estava a níqueis.

— De forma que é ter dinheiro para matar-te, zás, tens vontade de divertir-te.

— Tem me acontecido isso; mas não julgues que estou prosando. Falo sério e franco.

Nós nos calamos um pouco, bebemos um pouco de cerveja, e depois eu observei:

— O teu modo de matar-te não é violento, é suave. Estás a afogar-te em cerveja e é pena que não tenhas quinhentos contos, porque nunca te matarias.

— Não. Quando o dinheiro acabasse, era fatal.

— Zás, para o necrotério na miséria; e então?

— E verdade... Continuava a viver.

Rimo-nos um pouco do encaminhamento que a nossa palestra tomava.

Pagamos a despesa, apertamos a mão ao Adolfo, dissemos duas pilhérias ao Quincas e saímos.

Na rua, os bondes passavam com estrépido; homens e mulheres se agitavam nas calçadas; carros e automóveis iam e vinham...

A vida continuava sem esmorecimentos, indiferente que houvesse tristes e alegres, felizes e desgraçados, aproveitando a todos eles para o seu drama e a sua complexidade.

Como o "homem" chegou.

> *Deus está morto;*
> *a sua piedade pelos homens matou-o.*
>
> Nietzsche

I

A polícia da república, como toda a gente sabe, é paternal e compassiva no tratamento das pessoas humildes que dela necessitam; e sempre, quer se trate de humildes, quer de poderosos, a velha instituição cumpre religiosamente a lei. Vem-lhe daí o respeito que aos políticos os seus empregados tributam e a procura que ela merece desses homens, quase sempre interessados no cumprimento das leis que discutem e votam.

O caso que vamos narrar não chegou ao conhecimento do público, certamente devido à pouca atenção que lhe deram os repórteres; e é pena, pois, se assim não fosse, teriam nele encontrado pretexto para clichês bem macabramente mortuários que alegrassem as páginas de suas folhas volantes.

O delegado que funcionou na questão talvez não tivesse notado o grande alcance de sua obra; e tanto isso é de admirar quanto as conseqüências do fato concordam com luxuriantes sorites de um filósofo sempre capaz de sugerir, do pé para a mão, novíssimas estéticas aos necessitados de apresentá-las ao público bem informado.

Sabedores de acontecimento de tal monta, não nos era possível deixar de narrá-lo com algum minudência, para edificação dos delegados passados, presentes e futuros.

Naquela manhã, tinha a delegacia um movimento desusado. Passavam-se semanas sem que houvesse uma simples prisão, uma pequena admoestação. A circunscrição era pacata e ordeira. Pobre, não havia furtos; sem comércio, não havia gatunos; sem indústria, não havia vagabundos, graças à sua extensão e aos capoeirões que lá havia; os que não tinham domicílio arranjavam-no facilmente em chocas ligeiras sobre chãos de outros donos mal conhecidos.

Os regulamentos policiais não encontravam emprego; os funcionários do distrito viviam descansados e, sem desconfiança, olhavam a população do lugarejo. Compunha-se o destacamento de um cabo e três soldados; todos os quatro, gente simples, esquecida de sua condição de sustentáculos do Estado.

O comandante, um cabo gordo que falava arrastando a voz, com a cantante preguiça de um carro de bois a chiar, habitava com a família um rancho próximo e plantava ao redor melancias, colhendo-as de polpa bem rosada e doce, pelo verão inflexível da nossa terra. Um dos soldados tecia redes de pescaria, chumbava-as com cuidado para dar cerco às tainhas; e era de vê-las saltar por cima do fruto de sua indústria com a agilidade de acrobatas, agilidade surpreendente naqueles entes sem mãos e pernas diferenciadas. Um outro camarada matava o ócio pescando de caniço e quase nunca pescava crocorocas, pois diante do mar, da sua infinita grandeza, distraía-se, lembrando-se das quadrinhas que vinha compondo em louvor de uma beleza local.

Tinham também os inspetores de polícia essa concepção idílica, e não se aborreciam no morno vilarejo. Conceição, um deles, fabricava carvão e os plantões os fazia junto às caieiras, bem protegidas por cruzes toscas para que o tinhoso não entrasse nelas e fabricasse cinza em vez do combustível das engomadeiras. Um seu colega, de nome Nunes, aborrecido com o ar elísico daquela delegacia, imaginou quebrá-lo e lançou o jogo do bicho. Era uma cousa inocente: o mínimo da pule, um vintém; o máximo, duzentos réis, mas, ao chegar a riqueza do lugar, aí pelo tempo do caju, quando o sol saudoso da tarde dourava as areias e os frutos amarelos e vermelhos mais se intumesciam nos cajueiros frágeis, jogavam-se pules de dez tostões.

Vivia tudo em paz; o delegado não aparecia. Se o fazia de mês em mês, de semestre em semestre, de ano em ano, logo perguntava: houve alguma prisão? Respondiam alvissareiros: não, doutor; e a fronte do doutor se anuviava, como se sentisse naquele desuso do xadrez a morte próxima do Estado, da Civilização e do Progresso.

De onde em onde, porém, havia um caso de defloramento e este era o delito, o crime, a infração do lugarejo - um crime, uma infração, um delito muito próprio do Paraíso, que o tempo, porém, levou a ser julgado pelos policiais, quando, nas primeiras eras das nossas origens bíblicas, o fora pelo próprio Deus.

Em geral, os inspetores por eles mesmos resolviam o caso; davam paternos conselhos suasórios e a lei sagrava o que já havia sido abençoado pelas prateadas folhas das imbaúbas, nos capoeirões cerrados.

Não quis, porém, o delegado deixar que os seus subordinados liquidassem aquele caso. A paciente era filha do Sambabaia, chefe político do partido do Senador Melaço; e o agente era eleitor do partido contrário a Melaço. O programa do partido de Melaço era não fazer cousa alguma e o do contrário tinha o mesmo ideal; ambos, porém, se diziam adversários de morte e essa oposição, refletindo-se no caso, embaraçada sobremodo o subdelegado.

Interrogado, confessara-se o agente pronto a reparar o mal; e, desde há muito, a paciente dera a tal respeito a sua indispensável opinião.

A autoridade, entretanto, hesitava, por causa da incompatibilidade política do casal. As audiências se sucediam e aquela era já a quarta. Estavam os soldados atônitos com tanta demora, provinda de não saber bem o delegado se, unindo mais uma vez o par, não iria o caso desgostar Melaço e mesmo o seu adversário Jati - ambos senadores poderosos, aquele do governo e este da oposição; e, desgostar qualquer dele punha em perigo o seu emprego porque, quase sempre entre nós, a oposição passa a ser governo e o governo oposição instantaneamente. O consentimento dos rapazes não bastava ao caso; era preciso, além, uma reconciliação ou uma simples adesão política.

Naquela manhã, o delegado tomava mais uma vez o depoimento do agente, inquirindo-o desta forma:

—Já se resolveu?

— Pois não, doutor. Estou inteiramente a seu dispor...

— Não é bem ao meu. Quero saber se o senhor tem tenção?

— De que, doutor? De casar? Pois não, doutor.

— Não é de casar... Isto já sei... E...

— Mas de que deve ser então, doutor?

— De entrar para o partido do doutor Melaço.

— Eu sempre, doutor, fui pelo doutor Jati. Não posso...

— Que tem uma cousa com a outra? O senhor divide o seu voto: a metade dá para um e a outra metade para outro. Está aí!

— Mas como?

— Ora! O senhor saberá arranjar as cousas da melhor forma; e, se o fizer com habilidade, ficarei contente e o senhor será feliz, porquanto pode arranjar tanto com um como com outro, conforme andar a política no próximo quatriênio, um lugar de guarda dos mangues.

— Não há vaga, doutor.

— Qual! Há sempre vaga, meu caro. O Felizardo não se tem querido alistar, não nasceu aqui, é de fora, é "estrangeiro"; e, dessa maneira, não pode continuar a fiscalizar os mangues. E vaga certa. O senhor adere ou antes: divide a votação?

—Divido então...

Por aí, um dos inspetores veio avisar de que o guarda civil de nome Hane lhe queria falar. O doutor Cunsono estremeceu. Era cousa do chefe, do geral lá de baixo; e, de relance, viu o seu hábil trabalho de harmonizar Jati e Melaço perdido inteiramente, talvez por causa de não ter, naquele ano, efetuado sequer uma prisão. Estava na rua, suspendeu o interrogatório e veio receber o visitador com muita angústia no coração. Que seria?

— Doutor, foi logo dizendo o guarda, temos um louco.

Diante daquele caso novo, o delegado quis refletir, mas logo o guarda emendou:

— O doutor Sili...

Era assim o nome do ajudante do geral inacessível; e dele, os delegados têm mais medo do que do chefe supremo todo-poderoso.

Hane continuou:

— O doutor Sili mandou dizer que o senhor o prendesse e o enviasse à Central.

Cunsono pensou bem que esse negócio de reclusão de loucos é por demais grave e delicado e não era propriamente da sua competência fazê-lo, a menos que fossem sem eira nem beira ou ameaçassem a segurança pública. Pediu a Hane que o esperasse e foi consultar o escrivão. Este serventuário vivia ali de mau humor. O sossego da delegacia o aborrecia, não porque gostasse da agitação pela agitação, mas pelo simples fato de não perceber emolumentos ou quer que seja, tendo que viver de seus vencimentos. Aconselhou-se com ele o delegado e ficou perfeitamente informado do que dispunham a lei e a praxe. Mas Sili...

Voltando à sala, o guarda reiterou as ordens do auxiliar, contando também que o louco estava em Manaus. Se o próprio Sili não o mandava buscar, elucidou o guarda, era porque competia a Cunsono deter o "homem", porquanto a sua delegacia tinha costas do oceano e de Manaus se vinha por mar.

— É muito longe, objetou o delegado.

O guarda teve o cuidado de explicar que Sili já vira a distancia no mapa e era bem reduzida: obra de palmo e meio. Cunsono perguntou ainda:

— Qual a profissão do "homem"?

— E empregado da delegacia fiscal.

— Tem pai?
— Tem.
Pensou o delegado que competia ao pai o pedido de internação, mas o guarda adivinhou-lhe o pensamento e afirmou:
— Eu conheço muito e meu primo é cunhado dele.
Estava já Cunsono irritado com as objeções do escrivão e desejava servir a Sili, tanto mais que o caso desafiava a sua competência policial. A lei era ele; e mandou fazer o expediente.
Após o que, tratou Cunsono de ultimar o enlace de Melaço e Jati, por intermédio do casamento da filha do Sambabaia. Tudo ficou assentado da melhor forma; e, em pequena hora, voltava o delegado para as ruas onde não policiava, satisfeito consigo mesmo e com a sua tríplice obra, pois não convém esquecer a sua caridosa intervenção no caso do louco de Manaus.
Tomava a condução que devia trazer à cidade, quando a lembrança do meio de transporte do dementado lhe foi presente. Ao guarda-civil, ao representante de Sili na zona, perguntou por esse instante:
— Como há de vir o "sujeito"?
O guarda, sem atender diretamente à pergunta, disse:
— E... E, doutor; ele está muito furioso.
Cunsono pensou um instante, lembrou-se dos seus estudos e acudiu:

— Talvez um couraçado... O "Minas Gerais" não serve? Vou requisitá-lo.

Hane, que tinha prática do serviço e conhecimento dos compassivos processos policiais, refletiu:

— Doutor: não é preciso tanto. O "carro-forte" basta para trazer 0 "homem".

Concordou Cunsono e olhou as alturas um instante sem notar as nuvens que vagavam sem rumo certo, entre o céu e a terra.

II

Sili, o doutor Sili, bem como Cunsono, graças à prática que tinham do ofício, dispunham da liberdade dos seus pares com a maior facilidade. Tinham substituído os graves exames íntimos provocados pelos deveres de seus cargos, as perigosas responsabilidades que lhes são próprias, pelo automático ato de uma assinatura rápida. Era um contínuo trazer um ofício, logo, sem bem pensar no que faziam, sem lê-lo até, assinavam e ia com essa assinatura um sujeito para a cadeia, onde ficava aguardando que se lembrasse de retirá-lo de lá a sua mão distraída e ligeira.

Assim era; e foi sem dificuldade que atendeu ao pedido de Cunsono no que toca ao carro-forte. Prontamente deu as ordens para que fosse fornecida a seu colega a masmorra ambulante, pior do que masmorra, do que solitária, pois nessas prisões sente-se ainda a algidez da pedra, alguma cousa ainda de meiguice de sepultura, mas ainda assim meiguice; mas, no tal carro feroz, é tudo ferro, há inexorável antipatia do ferro na cabeça, ferro nos pés, aos lados uma igaçaba de ferro em que se vem sentado, imóvel, e para a qual se entra pelo próprio pé. E blindada e quem vai nela, levado aos trancos e barrancos de seu respeitável peso e do calçamento das vias públicas, tem a impressão de que se lhe quer poupar a morte por um bombardeio de grossa artilharia para ser empalato aos olhos de um sultão. Um requinte de potentado asiático.

Essa prisão de Calistenes, blindada, chapeada, couraçada, foi posta em movimento; e saiu, abalando o calçamento, a chocalhar ferragens, a trovejar pelas ruas afora em busca de um inofensivo.

O "homem", como dizem eles, era um ente pacato, lá dos confins de Manaus, que tinha a mania da Astronomia e abandonara, não de todo, mas quase totalmente, a terra pelo céu inacessível. Vivia com o pai velho nos arrabaldes da cidade e construíra na chácara de sua residência um pequeno observatório, onde montou lunetas que lhe davam pasto à inocente mania. Julgando insuficientes o olhar e as lentes, para chegar ao perfeito conhecimento da Aldebarã longínqua, atirou-se ao cálculo, à inteligência pura, à Matemática e a estudar com afinco e fúria de um doido ou de um gênio.

Em uma terra inteiramente entregue à chatinagem e à veniaga, Fernando foi tomando a fama de louco, e não era ela sem algum motivo. Certos gestos, certas despreocupações e mesmo outras manifestações mais palpáveis pareciam justificar o julgamento comum; entretanto, ele vivia bem com o pai e cumpria os seus deveres razoavelmente. Porém, parentes oficiosos e outros longínquos aderentes entenderam curá-lo, como se se curassem assomos de alma e anseios de pensamento.

Não lhes vinha tal propósito de perversidade inata, mas de estultice congênita, juntamente com a comiseração explicável em parentes. Julgavam que o ser descompassado envergonhava a família e esse julgamento era reforçado pelos cochichos que ouviam de alguns homens esforçados por parecerem inteligentes.

O mais célebre deles era o doutor Barrado, um catita do lugar, cheiroso e apurado no corte das calças. Possuía esse doutor a obsessão das cousas extraordinárias, transcendentes, sem par, originais; e, como sabia Fernando simples e desdenhoso pelos mandões, supôs que ele, com esse procedimento, censurava Barrado por demais mesureiro com os magnates. Começou, então, Barrado a dizer que Fernando não sabia Astronomia; ora, este último não afirmava semelhante cousa. Lia, estudava e contava o que lia, mais ou menos o que aquele fazia nas salas, com os ditos e opiniões dos outros.

Houve quem o desmentisse; teimava, no entanto, Barrado no propósito. Entendeu também de estudar uma Astronomia e bem oposta à de Fernando: a Astronomia do centro da terra. O seu compêndio favorito era A Morgadinha de Val-Flor e os livros auxiliares: A Dama de Monsoreau e O Rei dos Grilhetas, numa biblioteca de Herschell.

Com isto, e cantando, e espalhando que Fernando vivia nas tascas com vagabundos, auxiliado pelo poeta Machino, o jornalista Cosmético e o antropologista Tucolas, que fazia sábias mensurações nos crânios das formigas, conseguiu emover os simplórios parentes de Fernando, e foi bastante que, de parente para conhecido, de conhecido para Hane, de Hane, para Sili e Cunsono, as coisas se encadeassem e fosse obtida a ordem de partida daquela fortaleza couraçada, roncando pelas ruas, chocalhando ferragens, abalando calçadas, para ponto tão longínquo.

Quando, porém, o carro chegou à praça mais próxima, foi que o cocheiro lembrou-se de que não lhe tinham ensinado onde ficava Manaus. Voltou e Sili, com a energia de sua origem britânica, determinou que fretassem uma falua e fossem a reboque do primeiro paquete.

Sabedor do caso e como tivesse conhecimento de que Fernando era desafeto do poderoso chefe político Sofonias, Barrado que, desde muito, lhe queria ser agradável, calou o seu despeito, apresentou-se pronto para auxiliar a diligência. Esse chefe político dispunha de um prestigio imenso e nada entendia de Astronomia; mas, naquele tempo, era a ciência da moda e tinham em grande consideração os membros da Sociedade Astronômica, da qual Barrado queria fazer parte.

Sofonias influía nas eleições da Sociedade, como em todas as outras, e podia determinar que Barrado fosse escolhido. Andava, portanto, o doutor captando a boa vontade da potente influência eleitoral, esperando obter, depois de eleito, o lugar de Diretor Geral das Estrelas de Segunda Grandeza.

Não é de estranhar, pois, que aceitasse tão árdua incumbência e, com Hane e carrião, veio até à praia; mas não havia canoa, caíque, bote, jangada, catraia, chalana, falua, lancha, calunga, poveiro, peru, macacuano, pontão, alvarenga, saveiro, que os quisesse levar a tais alturas.

Hane desesperava, mas o companheiro, lembrando-se dos seus conhecimentos de Astronomia, indicou um alvitre:

— O carro pode ir boiando.

— Como, doutor? E de ferro... muito pesado, doutor!

— Qual o quê! O "Minas", o "Aragón", o "São Paulo" não bóiam? Ele vai, sim!

— E os burros?

— Irão a nadar, rebocando o carro.

Curvou-se o guarda diante do saber do doutor e deixou-lhe a missão confiada, conforme as ordens terminantes que recebera.

A calistênica entrou pela água adentro, consoante as ordens promanadas do saber de Barrado e, logo que achou água suficiente, foi ao fundo com grande desprezo pela hidrostática do doutor. Os burros, que tinham sempre protestado contra a física do jovem sábio, partiram os arreios e salvaram-se; e graças a uma poderosa cábrea, pôde a almanjarra ser salva também.

Havia poucos paquetes para Manaus e o tempo urgia. Barrado tinha ordem franca de fazer o que quisesse. Não hesitou e, energicamente, fez reparar as avarias e tratou de embarcar num paquete todo o trem, fosse como fosse.

Ao embarcá-lo, porém, surgiu uma dúvida entre ele e o pessoal de bordo. Teimava Barrado que o carro merecia ir para um camarote de primeira classe, teimavam os marítimos que isso não era próprio, tanto mais que ele não indicava o lagar dos burros.

Era difícil essa questão da colocação dos burros. Os homens de bordo queriam que fossem para o interior do navio; mas, objetava o doutor:

— Morrem asfixiados, tanto mais que são burros e mesmo por isso.

De comum acordo, resolveram telegrafar a Sili para resolver a curiosa contenda. Não tardou viesse a resposta, que foi clara e precisa: "Burros sempre em cima. Sili."

Opinião como esta, tão sábia e tão verdadeira, tão cheia de filosofia e sagacidade da vida, aliviou todos os corações e abraços fraternais foram trocados entre conhecidos e inimigos, entre amigos e desconhecidos.

A sentença era de Salomão e houve mesmo quem quisesse aproveitar o apotegma para construir uma nova ordem social.

Restava a pequena dificuldade de fazer entrar o carro para o camarote do doutor Barrado. O convés foi aberto convenientemente, teve a sala de jantar mesas arrancadas e o bendegó ficou no centro dela, em exposição, feio e brutal, estúpido e inútil, como um monstro de museu.

O paquete moveu-se lentamente em demanda da barra. Antes fez uma doce curva, longa, muito suave, reverente à beleza da Guanabara. As gaivotas voavam tranqüilas, cansavam-se, pousavam na água—não precisavam de terra...

A cidade sumia-se vagarosamente e o carro foi atraindo a atenção de bordo.

— O que vem a ser isto?

Diante da almanjarra, muitos viajantes murmuravam protestos contra a presença daquele estafermo ali; outras pessoas diziam que se destinava a encarcerar um bandoleiro da Paraíba; outras que era um salva-vidas; mas, quando alguém disse que aquilo ia acompanhando um recomendado de Sofonias, a admiração foi geral e imprecisa.

Um oficial disse:

— Que construção engenhosa!

Um médico afirmou:

— Que linhas elegantes!

Um advogado refletiu:

— Que soberba criação mental!

Um literato sustentou:

— Parece um mármore de Fídias!

Um sicofanta berrou:

— E obra mesmo de Sofonias! Que republicano!

Uma moça adiantou:

— Deve ter sons magníficos!

Houve mesmo escala para dar ração aos burros, pois os mais graduados se disputavam a honraria. Um criado, porém, por ter. passado junto ao monstro e o olhado com desdém, quase foi duramente castigado pelos passageiros. O ergástulo ambulante vingou-se do serviçal; durante todo o trajeto perturbou-lhe o serviço.

Apesar de ir correndo a viagem sem mais incidentes, quis ao meio dela Barrado desembarcar e continuá-la por terra. Consultou, nestes termos, Sili: "Melhor carro ir terra faltam três dedos mar alonga caminho"; e a resposta veio depois de alguns dias: "Não convém desembarque embora mais curto carro chega sujo. Siga."

Obedeceu e o meteorito, durante duas semanas, foi objeto da adoração do paquete. Nos últimos dias, quando um qualquer dos passageiros dele se acercava, passava-lhe pelo dorso negro a mão espalmada com a contrição religiosa de um maometano ao tocar na pedra negra da Caaba.

Sofonias, que nada tinha com o caso, não teve nunca noticia dessa tocante adoração.

III

Muito rica é Manaus, mas, como em todo o Amazonas, nela é vulgar a moeda de cobre. E um singular traço de riqueza que muito impressiona o viajante, tanto mais que não se quer outra e as rendas do Estado são avultadas. O Eldorado não conhece o ouro, nem o estima.

Outro traço de sua riqueza é o jogo. Lá, não é divertimento nem vicio: é para quase todos profissão. O valor dos noivos, segundo dizem, é avaliado pela média das paradas felizes que fazem, e o das noivas pelo mesmo processo no tocante aos pais.

Chegou o navio a tão curiosa cidade quinze dias após fazendo uma plácida viagem, com o fetiche a bordo. Desembarcá-lo foi motivo de absorvente cogitação para o doutor Barrado. Temia que fosse de novo ao fundo, não porque o quisesse encaminhá-lo por sobre as águas do Rio Negro; mas, pelo simples motivo de que, sendo o cais flutuante, o peso do carrião talvez trouxesse desastrosas conseqüências para ambos, cais e carro.

O capataz não encontrava perigo algum, pois desembarcavam e embarcavam pelos flutuantes volumes pesadíssimos, toneladas até.

Barrado, porém, que era observador, lembrava-se da aventura do rio, e objetou:

— Mas não são de ferro.

— Que tem isso? fez o capataz.

Barrado, que era observador e inteligente, afinal compreendeu que um quilo de ferro pesa tanto quanto um de algodão; e só se convenceu inteiramente disso, como observador que era, quando viu o ergástulo em salvamento, rolando pelas ruas da cidade.

Continuou a ser ídolo e o doutor agastou-se deveras porque o governador visitou a caranguejola, antes que ele o fizesse.

Como não tivesse completas as instruções para detenção de Fernando, pediu-as a Sili. A resposta veio num longo telegrama, minucioso e elucidativo. Devia requisitar força ao governador, arregimentar capangas e não desprezar as balas de altéia. Assim fez o comissário. Pediu uma companhia de soldados, foi às alfurjas da cidade catar bravos e adquirir uma confeitaria de altéia. Partiu em demanda do "homem" com esse trem de guerra; e, pondo-se cautelosamente em observação, lobrigou os óculos do observatório, donde concluiu que a sua força era insuficiente. Normas para o seu procedimento requereu a Sili. Vieram secas e peremptórias: "Empregue também artilharia."

De novo pôs-se em marcha com um parque do Krupp. Desgraçadamente, não encontrou o homem perigoso. Recolheu a expedição a quartéis; e, certo dia, quando de passeio, por acaso, foi parar a um café do centro comercial. Todas as mesas estavam ocupadas; e só em uma delas havia um único consumidor. A esta ele sentou-se. Travou por qualquer motivo conversa com o mazombo; e, durante alguns minutos, aprendeu com o solitário alguma cousa.

Ao despedirem-se, foi que ligou o nome à pessoa, e ficou atarantado sem saber como proceder no momento. A ação, porém, lhe veio prontamente; e, sem dificuldade, falando em nome da lei e da autoridade, deteve o pacífico ferrabrás em um dos bailéus do cárcere ambulante.

Não havia paquete naquele dia e Sili havia recomendado que o trouxessem imediatamente. "Venha por terra," disse ele; e Barrado, lembrado do conselho, tratou de segui-lo. Procurou quem o guiasse até ao Rio, embora lhe parecesse curta e fácil a viagem. Examinou bem o mapa e, vendo que a distancia era de palmo e meio, considerou que dentro dela não lhe cabia o carro. Por este e aquele, soube que os fabricantes de mapas não têm critério seguro: era fazer uns muito grandes, ou muito pequenos, conforme são para enfeitar livros ou adornar paredes. Sendo assim, a tal distancia de doze polegadas bem podia esconder viagem de um dia e mais.

Aconselhado pelo cocheiro, tomou um guia e encontrou-o no seu antigo conhecido Tucolas, sabedor como ninguém do interior do Brasil, pois o palmilhara à cata de formigas para bem firmar documentos às suas investigações antropológicas.

Aceitou a incumbência o curioso antropologista de himenópteros, aconselhando, entretanto, a modificação do itinerário.

— Não me parece, Senhor Barrado, que devamos atravessar o Amazonas. Melhor seria, Senhor Barrado, irmos até a Venezuela, alcançar as Guianas e descermos, Senhor Barrado.

— Não teremos rios a atravessar, Tucolas?

— Homem! Meu caro senhor, eu não sei bem; mas, Senhor Barrado me parece que não, e sabe por quê?

— Por que?

— Por que? Porque este Amazonas, Senhor Barrado, não pode ir até lá, ao Norte, pois só corre de oeste para leste...

Discutiram assim sabiamente o caminho; e, à proporção que manifestava o seu profundo trato com a geografia da América do Sul, mais Tucolas passava a mão pela cabeleira de inspirado.

Achou que os conselhos do doutor eram justos, mas temia as surpresas do carrão. Ora, ia ao fundo, por ser pesado; ora, sendo pesado, não fazia ir ao fundo frágeis flutuantes. Não fosse ele estranhar o chão estrangeiro e pregar-lhe alguma peça? O cocheiro não queria também ir pela Venezuela, temia pisar em terra de gringos e encarregou-se da travessia do Amazonas - o que foi feito em paz e salvamento, com a máxima simplicidade.

Logo que foi ultimada, Tucolas tratou de guiar a caravana. Prometeu que o faria com muito acerto e contentamento geral, pois aproveitá-la-ia, dilatando as suas pesquisas antropológicas aos moluscos dos nossos rios. Era sábio naturalista, e antropologista, e etnografista da novíssima escola do Conde de Gobineau, novidade de uns sessenta anos atrás; e, desde muito, desejava fazer uma viagem daquelas para completar os seus estudos antropológicos nas formigas e nas ostras dos nossos rios.

A viagem correu maravilhosamente durante as primeiras horas. Sob um sol de fogo, o carro solavancava pelos maus caminhos; e o doente, à mingua de não ter onde se agarrar, ia ao encontro de uma e outra parede de sua prisão couraçada. Os burros, impelidos pelas violentas oscilações dos varais, encontravam-se e repeliam-se, ainda mais aumentando os ásperos solavancos da traquitana; e o cocheiro, na boléia, oscilava de lá para cá, de cá para lá, marcando o compasso da música chocalhante daquela marcha vagarosa.

Na primeira venda que passaram, uma dessas vendas perdidas, quase isoladas, dos caminhos desertos, onde o viajante se abastece e os vagabundos descansam de sua errância pelos descambados e montanhas, o encarcerado foi saudado com uma vaia: ó maluco! ó maluco!

Andava Tucolas distraído a fossar e cavocar, catando formigas; e, mal encontrava uma mais assim, logo examinava bem o crânio do inseto, procurava-lhe os ossos componentes, enquanto não fazia uma mensuração cuidadosa do ângulo de Camper ou mesmo de Cloquet. Barrado, cuja preocupação era ser êmulo do Padre Vieira, aproveitara o tempo para firmar bem as regras de colocação de pronomes, sobretudo a que manda que o "que" atraia o pronome complemento.

E assim andando foi o carro, após dias de viagem, encontrar uma aldeia pobre, à margem de um rio, onde chalanas e naviecos a vapor tocavam de quando em quando.

Cuidaram imediatamente de obter hospedagem e alimentação no lugarejo. O cocheiro lembrou o "homem" que traziam. Barrado, a respeito, não tinha com segurança uma norma de proceder. Não sabia mesmo se essa espécie de doentes comia e consultou Sili, por telegrama. Respondeu-lhe a autoridade, com a energia britânica que tinha no sangue, que não era do regulamento retirar aquela espécie de enfermos do carro, o "ar" sempre lhes fazia mal. De resto, era curta a viagem e tão sábia recomendação foi cegamente obedecida.

Em pequena hora, Barrado e o guia sentavam-se à mesa do professor público, que lhes oferecera do jantar. O ágape ia fraternal e alegre, quando houve a visita da Discórdia, a visita da Gramática.

O ingênuo professor não tinha conhecimento do pichoso saber gramatical do doutor Barrado e expunha candidamente os usos e costumes do lugar com a sua linguagem roceira:

— Há aqui entre nós muito pouco caso pelo estudo, doutor. Meus filhos mesmo e todos quase não querem saber de livros. Tirante este defeito, doutor, a gente quer mesmo o progresso.

Barrado implicou com o "tirante" e o "a gente", e tentou ironizar. Sorriu e observou:

— Fala-se mal, estou vendo.

O matuto percebeu que o doutor se referia a ele. Indagou mansamente:

— Por que o doutor diz isso?

— Por nada, professor. Por nada!

— Creio, aduziu o sertanejo, que, tirante eu, o doutor aqui não falou com mais ninguém.

Barrado notou ainda o "tirante" e olhou com inteligência para Tucolas, que se distraía com um naco de tartaruga.

Observou o caipira, momentaneamente, o afã de comer do antropologista e disse, meigamente:

— Aqui, a gente come muito isso. Tirante a caça e a pesca, nós raramente temos carne fresca.

A insistência do professor sertanejo irritava sobremaneira o doutor inigualável. Sempre aquele "tirante", sempre o tal "a gente, a gente, a gente"—um falar de preto mina! O professor, porém, continuou a informar calmamente:

— A gente aqui planta pouco, mesmo não vale a pena. Felizardo do Catolé plantou uns leirões de horta, há anos, e quando veio o calor e a enchente...

— E demais! E demais! exclamou Barrado.

Docemente, o pedagogo indagou:

— Por quê? Por que, doutor?

Estava o doutor sinistramente raivoso e explicou-se a custo:

— Então, não sabe? Não sabe?

— Não, doutor. Eu não sei, fez o professor, com segurança e mansuetude.

Tucolas tinha parado de saborear a tartaruga, a fim de atinar com a origem da disputa.

— Não sabe, então, rematou Barrado, não sabe que até agora o senhor não tem feito outra coisa senão errar em português?

— Como, doutor?

— E "tirante", é "a gente, a gente, a gente"; e, por cima de tudo, um solecismo!
— Onde, doutor?
— Veio o calor e a chuva - é português?
— É, doutor, é, doutor! Veja o doutor João Ribeiro! Tudo isso está lá. Quer ver?

O professor levantou-se, apanhou sobre a mesa próxima uma velha gramática ensebada e mostrou a respeitável autoridade ao sábio doutor Barrado. Sem saber desdéns simular, ordenou:
— Tucolas, vamo-nos embora.
— E a tartaruga? diz o outro.

O hóspede ofereceu-a, o original antropologista embrulhou-a e saiu com o companheiro. Cá fora, tudo era silêncio e o céu estava negro. As estrelas pequeninas piscavam sem cessar o seu olhar eterno para a terra muito grande. O doutor foi ao encontro da curiosidade recalcada de Tucolas:
— Vê, Tucolas, como anda o nosso ensino? Os professores não sabem os elementos de gramática, e falam como negros de senzala.
— Senhor Barrado, julgo que o senhor deve a esse respeito chamar a atenção do ministro competente, pois me parece que o país, atualmente, possui um dos mais autorizados na matéria.
— Vou tratar, Tucolas, tanto mais que o Semica é amigo do Sofonias.

— Senhor Barrado, uma coisa...
— Que é?
— Já falou, Senhor Barrado, a meu respeito com o senhor Sofonias?
— Desde muito, meu caro Tucolas. Está à espera da reforma do museu e tu vais para lá direitinho. E o teu lugar.
— Obrigado, Senhor Barrado. Obrigado.

A viagem continuou monotonamente. Transmontaram serras, vadearam rios e, num deles, houve um ataque de jacarés, dos quais se salvou Barrado graças à sua pele muito dura. Entretanto, um dos animais de tiro perdeu uma das patas dianteiras e mesmo assim conseguiu pôr-se a salvo na margem oposta.

Sarou-lhe a ferida não se sabe como e o animal não deixou de acompanhar a caravana. Às vezes, distanciava-se; às vezes, aproximava-se; e sempre a pobre alimária olhava longamente, demoradamente, aquele forno ambulante, manquejando sempre, impotente para a carreira, e como se se lastimasse de não poder auxiliar eficazmente o lento reboque daquela almanjarra pesadona.

Em dado momento, o cocheiro avisa Barrado de que o "homem" parecia estar morto; havia até um mau cheiro indicador. O regulamento não permitia a abertura da prisão e o doutor não quis verificar o que havia de verdade no caso. Comia aqui, dormia ali, Tucolas também e os burros também—que mais era preciso para ser agradável a Sofonias? Nada, ou antes: trazer o "homem" até ao Rio de Janeiro. As doze polegadas da sua cartografia desdobravam-se em um infinito número de quilômetros. Tucolas que conhecia o caminho, dizia sempre: estamos a chegar, Senhor Barrado! Estamos a chegar! Assim levaram meses andando, com o burro aleijado a manquejar atrás do ergástulo ambulante, olhando-o docemente, cheio de piedade impotente.

Os urubus crocitavam por sobre a caravana, estreitavam o vôo, desciam mais, mais, mais, até quase debicar no carro-forte. Barrado punha-se furioso a enxotá-los a pedradas; Tucolas imaginava aparelhos para examinar a caixa craniana das ostras de que andava à caça; o cocheiro obedecia.

Mais ou menos assim, levaram dois anos e foram chegar à aldeia dos Serradores, margem do Tocantins.

Quando aportaram, havia na praça principal uma grande disputa, tendo por motivo o preenchimento de uma vaga na Academia dos Lambrequins.

Logo que Barrado soube do que se tratava, meteu-se na disputa e foi gritando lá a seu jeito e sacudindo as perninhas:

— Eu também sou candidato! Eu também sou candidato!

Um dos circunstantes perguntou-lhe a tempo, com toda a paciência:

— Moço: o senhor sabe fazer lambrequins?

— Não sei, não sei, mas aprendo na academia e é para isso que quero entrar.

A eleição teve lugar e a escolha recaiu sobre um outro mais hábil no uso da serra que o doutor recém-chegado.

Precipitou-se por isso a partida e o carro continuou a sua odisséia, com o acompanhamento do burro, sempre a olhá-lo longamente, infinitamente, demoradamente, cheio de piedade impotente. Aos poucos os urubus se despediram; e, no fim de quatro anos, o carrião entrou pelo Rio adentro, a roncar pelas calçadas, chocalhando duramente as ferragens, com o seu manco e compassivo burro a manquejar-lhe à sirga.

Logo que foi chegado, um hábil serralheiro veio abri-lo, pois a fechadura desarranjara-se devido aos trancos e às intempéries da viagem, e desobedecia à chave competente. Sili determinou que os médicos examinassem o doente, exame que, mergulhados numa atmosfera de desinfetantes, foi feito no necrotério público.

Foi este o destino do enfermo pelo qual o delegado Cunsono se interessou com tanta solicitude.

Cemitério

Pelas ruas de túmulos, fomos calados. Eu olhava vagamente aquela multidão de sepulturas, que trepavam, tocavam-se, lutavam por espaço, na estreiteza da vaga e nas encostas das colinas aos lados. Algumas pareciam se olhar com afeto, roçando-se amigavelmente; em outras, transparecia a repugnância de estarem juntas. Havia solicitações incompreensíveis e também repulsões e antipatias; havia túmulos arrogantes, imponentes, vaidosos e pobres e humildes; e, em todos, ressumava o esforço extraordinário para escapar ao nivelamento da morte, ao apagamento que ela traz às condições e às fortunas.

Amontoavam-se esculturas de mármore, vasos, cruzes e inscrições; iam além; erguiam pirâmides de pedra tosca, faziam caramanchéis extravagantes, imaginavam complicações de matos e plantas - coisas brancas e delirantes, de um mau gosto que irritava. As inscrições exuberavam; longas, cheias de nomes, sobrenomes e datas, não nos traziam à lembrança nem um nome ilustre sequer; em vão procurei ler nelas celebridades, notabilidades mortas; não as encontrei. E de tal modo a nossa sociedade nos marca um tão profundo ponto, que até ali, naquele campo de mortos, mudo laboratório de decomposição, tive uma imagem dela, feita inconscientemente de um propósito, firmemente desenhada por aquele acesso de túmulos pobres e ricos, grotescos e nobres, de mármore e pedra, cobrindo vulgaridades iguais umas às outras por força estranha às suas vontades, a lutar...

Fomos indo. A carreta, empunhada pelas mãos profissionais dos empregados, ia dobrando as alamedas, tomando ruas, até que chegou à boca do soturno buraco, por onde se via fugir, para sempre do nosso olhar, a humildade e a tristeza do contínuo da Secretaria dos Cultos.

Antes que lá chegássemos, porém, detive-me um pouco num túmulo de límpidos mármores, ajeitados em capela gótica, com anjos e cruzes que a rematavam pretensiosamente.

Nos cantos da lápide, vasos com flores de *biscuit* e, debaixo de um vidro, à nívea altura da base da capelinha, em meio corpo, o retrato da morta que o túmulo engolira. Como se estivesse na Rua do Ouvidor, não pude suster um pensamento mau e quase exclamei:

— Bela mulher!

Estive a ver a fotografia e logo em seguida me veio à mente que aqueles olhos, que aquela boca provocadora de beijos, que aqueles seios túmidos, tentadores de longos contatos carnais, estariam àquela hora reduzidos a uma pasta fedorenta, debaixo de uma porção de terra embebida de gordura.

Que resultados teve a sua beleza na terra? Que coisas eternas criaram os homens que ela inspirou? Nada, ou talvez outros homens, para morrer e sofrer. Não passou disso, tudo mais se perdeu; tudo mais não teve existência, nem mesmo para ela e para os seus amados; foi breve, instantâneo, e fugaz.

Abalei-me! Eu que dizia a todo o mundo que amava a vida, eu que afirmava a minha admiração pelas coisas da sociedade - eu meditar como um cientista profeta hebraico! Era estranho! Remanescente de noções que se me infiltraram e cuja entrada em mim mesmo eu não percebera! Quem pode fugir a elas?

Continuando a andar, adivinhei as mãos da mulher, diáfanas e de dedos longos; compus o seu busto ereto e cheio, a cintura, os quadris, o pescoço, esguio e modelado, as espáduas brancas, o rosto sereno e iluminado por um par de olhos indefinidos de tristeza e desejos...

Já não era mais o retrato da mulher do túmulo; era de uma, viva, que me falava.

Com que surpresa, verifiquei isso.

Pois eu, eu que vivia desde os dezesseis anos, despreocupadamente, passando pelos meus olhos, na Rua do Ouvidor, todos os figurinos dos jornais de modas, eu me impressionar por aquela menina do cemitério! Era curioso.

E, por mais que procurasse explicar, não pude.

O ÚNICO ASSASSINATO DE CAZUZA

Hildegardo Brandão, conhecido familiarmente por Cazuza. tinha chegado aos seus cinqüenta anos e poucos, desesperançado; mas não desesperado. Depois de violentas crises de desespero, rancor e despeito, diante das injustiças, que tinha sofrido em todas as coisas nobres que tentara na vida, viera-lhe uma beatitude de santo e uma calma grave de quem se prepara para a morte.
Tudo tentara e em tudo mais ou menos falhara. Tentara formar-se, foi reprovado; tentara o funcionalismo, foi sempre preterido por colegas inferiores em tudo a ele, mesmo no burocracismo; fizera literatura e se, de todo, não falhou, foi devido à audácia de que se revestiu, audácia de quem "queimou os seus navios". Assim mesmo, todas as picuinhas lhe eram feitas. As vezes, julgavam-no inferior a certo outro, porque não tinha pasta de marroquim; outras vezes tinham-no por inferior a determinado "antologista", porque semelhante autor havia, quando "encostado" ao Consulado do Brasil, em Paris, recebido como presente do Sião, uma bengala de legítimo junco da Índia. Por essas do rei e outras ele se aborreceu e resolveu retirar-se da liça. Com alguma renda, tendo uma pequena casa, num subúrbio afastado, afundou-se nela, aos quarenta e cinco anos, para nunca

mais ver o mundo, como o herói de Jules Verne, no seu "Náutilus". Comprou os seus últimos livros e nunca mais apareceu na Rua do Ouvidor. Não se arrependeu nunca de sua independência e da sua honestidade intelectual. Ao cinqüenta e três anos, não tinha mais um parente próximo junto de si. Vivia, por assim dizer, só, tendo somente a seu lado um casal de pretos velhos, aos quais ele sustentava e dava, ainda por cima, algum dinheiro mensalmente.

A sua vida, nos dias de semana, decorria assim: pela manhã, tomava café e ia até a venda, que supria a sua casa, ler os jornais sem deixar de servir-se, com moderação. de alguns cálices de parati, de que infelizmente abusara na mocidade. Voltava para a casa, almoçava e lia os seus livros, porque acumulara uma pequena biblioteca de mais de mil volumes. Quando se cansava, dormia. Jantava e, se fazia bom tempo, passeava a esmo pelos arredores, tão alheio e soturno que não perturbava nem um namoro que viesse a topar.

Aos domingos, porém, esse seu viver se quebrava. Ele fazia uma visita, uma única e sempre a mesma. Era também a um desalentado amigo seu. Médico, de real capacidade, nunca o quiseram reconhecer porque ele escrevia "propositalmente" e não "propositadamente", "de súbito" e não - "às súbitas", etc., etc.

Tinham sido colegas de preparatórios e, muito íntimos, dispensavam-se de usar confidências mútuas. Um entendia o outro, somente pelo olhar.

Pelos domingos, como já foi dito, era costume de Hildegardo ir, logo pela manhã, após o café, à casa do amigo, que ficava próximo, ler lá os jornais e tomar parte no " ajantarado", da família.

Naquele domingo, o Cazuza, para os íntimos, foi fazer a visita habitual a seu amigo doutor Ponciano.

Este comprava certos jornais; e Hildegardo, outros. O médico sentava-se a uma cadeira de balanço; e o seu amigo numa dessas a que chamam de bordo ou; de lona. De permeio, ficava-lhes a secretária. A sala era vasta e clara e toda ela adornada de quadros anatômicos. Liam e depois conversavam. Assim fizeram, naquele domingo.

Hildegardo disse, ao fim da leitura dos quotidianos:

— Não sei como se pode viver no interior do Brasil.

— Porque?

— Mata-se à toa por dá cá aquela palha. As paixões, mesquinhas paixões políticas, exaltam os ânimos de tal modo, que uma facção não teme eliminar o adversário por meio do assassinato, às vezes o revestindo da forma mais cruel. O predomínio, a chefia da política local é o único fim visado nesses homicídios, quando não são questões de família, de herança, de terras e, às vezes, causas menores. Não leio os jornais que não me apavore com tais notícias. Não é aqui, nem ali; é em todo o Brasil, mesmo às portas do Rio de Janeiro. É um horror! Além desses assassinatos, praticados por capangas - que nome horrível! - há os praticados pelos policiais e semelhantes nas pessoas dos adversários dos governos locais, adversários ou tidos como adversários. Basta um boquejo, para chegar uma escolta, varejar fazendas, talar plantações, arrebanhar gado, encarcerar ou surrar gente que, pelo seu trabalho, devia merecer mais respeito. Penso, de mim para mim, ao ler tais notícias, que a fortuna dessa gente que está na câmara, no senado, nos ministérios, até na presidência da república se alicerça no crime, no assassinato. Que acha você?

— Aqui, a diferença não é tão grande para o interior nesse ponto. Já houve quem dissesse que, quem não mandou um mortal deste para o outro mundo, não faz carreira na política do Rio de Janeiro.

— É verdade; mas, aqui, ao menos, as naturezas delicadas se podem abster de política; mas, no interior, não. Vêm as relações, os
    pedidos e você se alista. A estreiteza do meio impõe isso, esse obséquio a um camarada, favor que parece insignificante. As coisas vão bem; mas, num belo dia, esse camarada, por isso ou por aquilo, rompe com o seu antigo chefe. Você, por lealdade, o segue; e eis você arriscado a levar uma estocada em urna das virilhas ou a ser assassinado a pauladas como um cão danado. E eu quis ir viver no interior !. De que me livrei, santo Deus .

— Eu já tinha dito a você que esse negócio de paz na vida da roça é história. Quando cliniquei, no interior, já havia observado esse prurido, essa ostentação de valentia de que os caipiras gostam de fazer e que, as mais das vezes, é causa de assassinatos estúpidos. Poderia contar a você muitos casos dessa ostentação de assassinato, que parte da gente da roça, mas não vale a pena. É coisa sem valia e só pode interessar a especialistas em estudos de criminologia.

— Penso — observou Hildegardo — que esse êxodo da população dos campos para as cidades, pode ser em parte atribuído à falta de segurança que existe na roça. Um qualquer cabo de destacamento é um César naquelas paragens - que fará então um delegado ou subdelegado É um horror!

Os dois calaram-se e, silenciosos, se puseram a fumar. Ambos pensavam numa mesma coisa: em encontrar remédio para um tão deplorável estado de coisas. Mal acabavam de fumar, Ponciano disse desalentado:

— E não há remédio.

Hildegardo secundou-o.

— Não acho nenhum.

Continuaram calados alguns instantes, Hildegardo leu ainda um jornal e, dirigindo-se ao amigo, disse:

— Deus não me castigue, mas eu temo mais matar do que morrer. Não posso compreender como esses políticos, que andam por aí, vivam satisfeitos, quando a estrada de sua ascensão é marcada por cruzes. Se porventura matasse creia que eu, a que não tem deixado passar pela cabeça sonhos de Raskólnikoff[3], sentiria como ele: as minhas relações com a humanidade seriam de todo outras, daí em diante. Não haveria castigo que me tirasse semelhante remorso da consciência, fosse de que modo fosse, perpetrado o assassinato. Que acha você?

— Eu também; mas você sabe o que dizem esses políticos que sobem às alturas com dezenas de assassinatos nas costas?

— Não.

— Que todos nós matamos.

Hildegardo sorriu e fez para o amigo com toda a serenidade:

— Estou de acordo. Já matei também.

O médico espantou-se e exclamou:

— Você, Cazuza!

— Sim, eu! - confirmou Cazuza.

— Como? Se você ainda agora mesmo...

— Eu conto a coisa a você. Tinha eu sete anos e minha mãe ainda vivia. Você sabe que, a bem dizer, não conheci minha mãe .

---

3   Rodion Raskólnikov, protagonista de "Crime e Castigo" de Dostoiévski, é um jovem ex-estudante que enfrenta a dura realidade da miséria em São Petersburgo, Rússia. No cerne de sua existência está um conflito interno constante, onde oscila entre impulsos altruístas e momentos de apatia, uma condição marcada por sua neurose e depressão. Este conflito culmina em um ato extremo: o assassinato, motivado por uma teoria que o leva a crer que indivíduos "extraordinários" estão além das leis comuns e têm o direito de transgredi-las. No entanto, essa ação desencadeia um profundo sentimento de culpa e remorso em Raskólnikov, levando-o a uma jornada de redenção.

— Sei.

— Só me lembro dela no caixão quando meu pai, chorando, me carregou para aspergir água benta sobre o seu cadáver. Durante toda a minha vida, fez-me muita falta. Talvez fosse menos rebelde, menos sombrio e desconfiado, mais contente com a vida, se ela vivesse. Deixando-me ainda na primeira infância, bem cedo firmou-se o meu caráter; mas, em contrapeso, bem cedo, me vieram o desgosto de viver, o retraimento, por desconfiar de todos, a capacidade de ruminar mágoas sem comunicá-las a ninguém - o que é um alívio sempre; enfim, muito antes do que era natural, chegaram-me o tédio, o cansaço da vida e uma certa misantropia.

Notando o amigo que Cazuza dizia essas palavras com emoção muito forte e os olhos úmidos, cortou-lhe a confissão dolorosa com um apelo alegre:

— Vamos, Carleto; conta o assassinato que você perpetrou.

Hildegardo ou Cazuza conteve-se e começou a narrar.

— Eu tinha sete anos e minha mãe ainda vivia. Morávamos em Paula Matos... Nunca mais subi a esse morro, depois da morte de minha mãe...

— Conte a história, homem! - fez impaciente o doutor Ponciano.

— A casa, na frente, não se erguia, em nada, da rua; mas, para o fundo, devido à diferença de nível, elevava-se um pouco, de modo que, para se ir ao quintal, a gente tinha que descer uma escada de madeira de quase duas dezenas de degraus. Um dia, descendo a escada, distraído, no momento em que punha o pé no chão do quintal, o meu pé descalço apanhou um pinto e eu o esmaguei. Subi espavorido a escada, chorando, soluçando e gritando: "Mamãe, mamãe! Matei, matei..." Os soluços me tomavam a fala e eu não podia acabar a frase. Minha mãe acudiu, perguntando: "O que é, meu filho!. Quem é que você matou?" Afinal, pude dizer: "Matei um pinto, com o pé."

E contei como o caso se havia passado. Minha mãe riu-se, deu-me um pouco de água de flor e mandou-me sentar a um canto: "Cazuza, senta-te ali, à espera da polícia." E eu fiquei muito sossegado a Um canto, estremecendo ao menor ruído que vinha da rua, pois esperava de fato a polícia. Foi esse o único assassinato que cometi. Penso que não é da natureza daqueles que nos erguem às altas posições políticas, porque, até hoje, eu...

Dona Margarida, mulher do doutor Ponciano, veio interromper-lhes a conversa, avisando-os que o "ajantarado" estava na mesa.

Sua Excelência

O Ministro saiu do baile da Embaixada, embarcando logo no carro. Desde duas horas estivera a sonhar com aquele momento. Ansiava estar só, só com o seu pensamento, pesando bem as palavras que proferira, relembrando as atitudes e os pasmos olhares dos circunstantes. Por isso entrara no cupê depressa, sôfrego, sem mesmo reparar se, de fato, era o seu. Vinha cegamente, tangido por sentimentos complexos: orgulho, força, valor, vaidade.

Todo ele era um poço de certeza. Estava certo do seu valor intrínseco; estava certo das suas qualidades extraordinárias e excepcionais. A respeitosa atitude de todos e a deferência universal que o cercava eram nada mais, nada menos que o sinal da convicção geral de ser ele o resumo do país, a encarnação dos seus anseios. Nele viviam os doridos queixumes dos humildes e os espetaculosos desejos dos ricos. As obscuras determinações das coisas, acertadamente, haviam-no erguido até ali, e mais alto levá-lo-iam, visto que ele, ele só e unicamente, seria capaz de fazer o pais chegar aos destinos que os antecedentes dele impunham...

E ele sorriu, quando essa frase lhe passou pelos olhos, totalmente escrita em caracteres de imprensa, em um livro ou em um jornal qualquer. Lembrou-se do seu discurso de ainda agora.

"Na vida das sociedades, como na dos indivíduos..." Que maravilha Tinha algo de filosófico, de transcendente. E o sucesso daquele trecho? Recordou-se dele por inteiro:

"Aristóteles, Bacon, Descartes, Spinosa e Spencer, como Sólon, Justiniano, Portalis e Ihering, todos os filósofos, todos os juristas afirmam que as leis devem se basear nos costumes..."

O olhar, muito brilhante, cheio de admiração - o olhar do líder da oposição - foi o mais seguro penhor do efeito da frase...

E quando terminou! Oh!

"Senhor, o nosso tempo é de grandes reformas; estejamos com ele: reformemos!"

A cerimônia mal conteve, nos circunstantes, o entusiasmo com que esse final foi recebido.

O auditório delirou. As palmas estrugiram; e, dentro do grande salão iluminado, pareceu-lhe que recebia as palmas da Terra toda.

O carro continuava a voar. As luzes da rua extensa apareciam como um só traço de fogo; depois sumiram-se.

O veículo agora corria vertiginosamente dentro de uma névoa fosforescente. Era em vão que seus augustos olhos se abriam desmedidamente; não havia contornos, formas, onde eles pousassem.

Consultou o relógio. Estava parado? Não; mas marcava a mesma hora e o mesmo minuto da saída da festa.

— Cocheiro, onde vamos?

Quis arriar as vidraças. Não pôde; queimavam. Redobrou os esforços, conseguindo arriar as da frente. Gritou ao cocheiro:

— Onde vamos? Miserável, onde me levas?

Apesar de ter o carro algumas vidraças arriadas, no seu interior fazia um calor de forja. Quando lhe veio esta imagem, apalpou bem, no peito, as grã-cruzes magníficas. Graças a Deus, ainda não se haviam derretido. O leão da Birmânia, o dragão da China, o língam da Índia estavam ali, entre todas as outras intactas.

— Cocheiro, onde me levas?

Não era o mesmo cocheiro, não era o seu. Aquele homem de nariz adunco, queixo longo com uma barbicha, não era o seu fiel Manuel.

— Canalha, pára, pára, senão caro me pagarás!

O carro voava e o ministro continuava a vociferar:

— Miserável! Traidor! Pára! Pára!

Em uma dessas vezes voltou-se o cocheiro; mas a escuridão que se ia, aos poucos, fazendo quase perfeita, só lhe permitiu ver os olhos do guia da carruagem, a brilhar de um brilho brejeiro, metálico e cortante. Pareceu-lhe que estava a rir-se.

O calor aumentava. Pelos cantos o carro chispava. Não podendo suportar o calor, despiu-se. Tirou a agaloada casaca, depois o espadim, o colete, as calças.

Sufocado, estonteado, parecia-lhe que continuava com vida, mas que suas pernas e seus braços, seu tronco e sua cabeça dançavam, separados.

Desmaiou; e, ao recuperar os sentidos, viu-se vestido com uma reles libré e uma grotesca cartola, cochilando à porta do palácio em que estivera ainda há pouco e de onde saíra triunfalmente, não havia minutos.

Nas proximidades um cupê estacionava.

Quis verificar bem as coisas circundantes; mas não houve tempo.

Pelas escadas de mármore, gravemente, solenemente, um homem (pareceu-lhe isso) descia os degraus, envolvido no fardão que despira, tendo no peito as mesmas magníficas grã-cruzes.

Logo que o personagem pisou na soleira, de um só ímpeto aproximou-se e, abjetamente, como se até ali não tivesse feito outra coisa, indagou:

— V. Exa. quer o carro?

O BOÊMIO IMORTAL

por Garcia Margiocco[1]

No Dia de Finados, pelo cair da tarde chuvosa, chegando à avenida Rio Branco, um amigo veio ao meu encontro, deteve-me o passo exclamando cheio de pena: Então o Lima morreu
— Que Lima... O Lima Barreto?
— Ele mesmo... Morreu ontem...
Soube assim, por esse amigo, noticia pouco depois confirmada pelos vespertinos, que o anarquizado e irrequieto romancista brasileiro havia morrido serenamente como um burguês honesto no seu leito impoluto de homem puro.

Impressionou-me profundamente essa morte, pois a última vez que falei com Lima Barreto, há um mês e tanto, seu espirito palpitava cheio de um fulgor estranho numa anciã de criações novas.

Estávamos a porta de um botequim da ruazinha Sachet ao findar a palestra e como Ele fizesse menção de se dirigir ao interior do mesmo perguntei-lhe naturalmente:

---

[1] José Garcia Margiocco (18? – 1923) foi um escritor e jornalista brasileiro. Ele colaborou em diversos jornais e revistas, incluindo Careta, Fon-Fon, Gazeta da Tarde e Floreal (esta última dirigida por ele) 123. Embora sua biografia seja um tanto enigmática, sua contribuição para o cenário literário e jornalístico é notável.

— Vais beber?
Parou e fitou-me um instante rindo para afinal exclamar com irônica ênfase:
— A cachaça não faz mal a ninguém, o que está estragando a nossa literatura é a burrice...
Despediu-se em seguida de mim com um cordeai aperto de mão e caminhou firme e sorridente por entre as mesas cheias de fregueses em direção ao tosco balcão como um pobre pároco de aldeia dirigindo-se por entre modestos fieis ao altar em que diz o seu sagrado ofício.
Lima Barreto foi com efeito a figura mais original de boêmio que teve nos últimos tempos a intelectualidade carioca.
Levava na aparência a vida miserável de todo o vagabundo através das tascas da cidade.
Ele próprio dizia com afetada jactância em que mal dissimulava a mordacidade:
— Estão aqui os meus verdadeiros amigos.
Não era, porém, o boêmio por degenerescência, vítima portanto de males ancestrais; tampouco por ideal, como os das épocas românticas...
Reconhecendo o seu próprio valor, ao qual todos nós rendemos sempre preitos, sentia-se impotente para sobrepor-se a mediocridade, essa força brutal que domina pelo número em todas as épocas e desaparece sem deixar traço no anonimato comum das cousas que passam.

Creio que revoltado com isso se fez boêmio, foi procurar nas tascas o convívio dos desgraçados como protesto, e nelas deixou-se ficar, porque os tipos que lá encontrou tinham alma, eram muito mais interessantes do que as caras postiças que se exibem diariamente nas casas de chá.

No entretanto, mesmo entre os desgraçados, uma categoria e das mais infelizes houve no seio da qual Lima Barreto não conseguiu fazer amigos.

Realmente, uma tarde, subindo as escadas desta Redacção, aproximou se de minha mesa de trabalho e declarou em tom solene:

— Vou veranear.

— Que estação escolheste?

— O Hospício.

Passado um mês entrando na livraria Garnier o Lima Barreto sabia com uma porção de livros debaixo do braço.

Estaquei com um gesto de admiração.

— Por aqui?

Ele encarou-me rindo. Disse por fim, fingindo seriedade:

— Aquela gente do Hospício está toda maluca...

Lima Barreto se recolhera á casa dos loucos para escrever o Cemitério dos vivos e ficara no compartimento destinado aos mais pacíficos, mas estes não viam com bons olhos o intruso cuja única preocupação era escrever, e uma noite, revoltando-se contra Ele, rasgaram-lhe os originais e os livros e expulsaram-no de sua companhia só não sendo linchado pelos revoltosos devido a oportuna intervenção dos enfermeiros...

No dia nostálgico de conversa com os mortos, ao cair da tarde, foi que um amigo, na Rio Branco, com uma interpelação me participou a morte desse boêmio imortal.

— Então o Lima morreu.

Sim, desaparecera o grande romancista, e a sua figura por ser única apagou-se para sempre sem deixar modelo pelo qual possa ser reproduzida com fidelidade na vida boemia carioca.

Fechou se o ciclo da existência para Lima Barreto, a sombra se confundiu com o corpo para que não ficasse sobre a terra reminiscência material daquela máscara de mendigo, mas deixou uma obra grandiosa, e essa obra como um monumento ao passo que o analfabetismo for desaparecendo falará com mais eloquência do espirito inconfundível que a criou.[2]

---

[2] Revista Careta, edição 751, Rio de Janeiro, 11 de novembro de 1922.

Leia do mesmo autor:

10 Melhores Crônicas de Lima Barreto

   Lima Barreto foi um pensador arguto da sociedade brasileira e um crítico contundente de suas injustiças. Em suas crônicas, explorou temas como a desigualdade social, o racismo, a corrupção e a hipocrisia das elites. A obra de Lima Barreto é cativante não só por sua linguagem fluida e marcada pela oralidade, mas também por convidar à reflexão e à ação para uma sociedade mais justa e igualitária.

https://bit.ly/10mc-limabarreto-amazon

Conheça a Tacet Books

Somos uma editora independente que pública obras interessantes e inéditas de autores clássicos - em seus idiomas originais - por preços acessíveis aos leitores brasileiros.

Nosso catálogo possui obras em inglês, espanhol e português, de grandes autores como Agatha Christie, James Joyce, Virginia Woolf, Júlia Lopes de Almeida, George Orwell, Horacio Quiroga, etc. Coletâneas inéditas como Feminist Fiction, Victorian Fairy Tales e seleções de contos de países como Cuba, España, Argentina, México, entre outros.

Seja para estudar um novo idioma ou ler clássicos em seus idiomas originais, nossos livros serão uma ótima adição à sua biblioteca.

Visite nosso website:

http://www.tacetbooks.com

Esta edição foi finalizada em abril de 2024. 102 anos antes, em abril de 1922, Lima Barreto publicava em sua coluna na revista Careta:

"A minha vida é feita de imprevistos. Não sei quando durmo, não sei quando amanheço. Há dias que durmo vinte e quatro horas; há dias que durmo duas horas. Entretanto, tudo vai bem. Não tendo doença, nem gripe. Vivo muito bem."

Nós da Tacet Books esperamos que você, leitor, esteja vivendo muito bem.

Este livro foi composto em Libre Baskerville e impresso no Brasil por UmLivro, para a Editora Tacet Books.

São Paulo-SP. Abril, 2024.

www.ingramcontent.com/pod-product-compliance
Lightning Source LLC
LaVergne TN
LVHW040108080526
838202LV00045B/3823